我不想知道的事

［英］德博拉·利维——著
步朝霞——译

湖南文艺出版社

对乔治·奥威尔《我为什么要写作》（1946）
一文的回应

目 录

1 政治方面的目的　　001

2 历史方面的冲动　　037

3 纯粹的自我中心　　107

4 审美方面的热情　　135

所有动物都是平等的,但有些动物更加平等。

——乔治·奥威尔《动物农场》(1945)

大致说来,我知道自己是如何成为作家的。但究其具体原因,我就说不清楚了。为了生存,我真的需要一行一行地码字吗?写出几本书就足以支撑我的生活吗?……有一天我肯定得拿起笔,用文字去揭露真相,关于我的真相。

——乔治·佩雷克《空间物种及其他》[1](1974)

---

[1] 法文版及中文版书名均为《空间物种》,英文版书名为《空间物种及其他》。——如无特殊说明,均为译注

1

政治方面的目的
POLITICAL PURPOSE

你就是——你的生活,而非其他。

——让-保罗·萨特《禁闭》(1944)

那年春天，我过得十分艰难，和命运苦苦抗争，却丝毫看不到出路[1]，经常在火车站的自动扶梯上就哭起来。下行时还好，站着不动往上升就糟了，不知从哪里来的眼泪直往外涌。等到了扶梯顶端，感到风吹过来的时候，我得用尽全力才能止住哭泣。扶梯将我向前向上推的那股力，仿佛是我和自己对话的一种有形表达。自动扶梯在出现之初曾被称作"行走的楼梯"或"魔法楼梯"，现在却莫名地变成触发我情绪的危险地带。

坐火车旅行，我总会随身带上许多书读。不过，这次是我头一回愿意翻开报纸专栏，看看记者家的割草机出了什么状况。对我来说，沉迷于这样的琐事就像被麻醉飞镖射中。不读报纸专栏的时候，我最常读的是加夫

---

[1] "却丝毫看不到出路"一句，灵感得自西尔维亚·普拉斯诗作《月亮和紫杉》。——作者注

列尔·加西亚·马尔克斯的中篇小说《爱情和其他魔鬼》。小说中的人物，无论是有人爱的，还是没有人爱的，都在加勒比海的蓝天下，躺在吊床上编织着梦想或密谋着什么。所有这些人物中，我真正感兴趣的只有一个，那就是贝尔纳达·卡布雷拉。这个放荡的侯爵夫人对生活和婚姻都已不抱任何希望了。为了逃避自己的生活，贝尔纳达·卡布雷拉经她的奴隶情人介绍，开始食用瓦哈卡的"神奇巧克力"，精神状态从此陷入恍惚错乱。她沉迷于一袋袋的可可和发酵蜂蜜，一天中大部分时间都裸身躺在卧室地板上，"致命的胀气使她浑身发亮"[1]。下了火车，在自动扶梯上哭泣的时候，我开始将贝尔纳达视作自己的榜样。肆意涌出的眼泪显然是在敦促我去解读自己的内心，但那一刻，我却更想读些别的什么。

曾有一整个星期，我发现自己不时会盯着浴室里一

---

[1] 此处参考陶玉平先生译文，见《爱情和其他魔鬼》（南海出版公司2015年版）第57页。

张名为"骨骼系统"的海报发呆。那时我知道,事情确实得有所改变了。海报上是一副人体的骨架,里面的器官和骨骼都用拉丁文标出名称,海报的标题我此前一直错看成了"社会系统"[1]。我做出一个决定:如果自动扶梯都能引爆我的情绪,把我运送到我不想去的地方,那我为什么不这就订一张机票,去自己真正想去的地方呢?

三天后,我把崭新的笔记本电脑塞进包里,坐在了飞往马略卡岛帕尔马的航班上,座位是靠过道的22排C座。飞机起飞时,我意识到,置身于天空和地面之间,也有些像在自动扶梯上:眼泪止不住地往外涌。那个不幸坐在我邻座的乘客看上去好像当过兵,现在则过着全年躺在海边晒太阳的悠闲生活。我庆幸的是,这趟廉价航班的邻座是这样一位硬汉,他肩膀宽阔结实,粗壮的脖子上有一道道红肿的晒伤。我并不需要任何人流

---

1 在英文中,"骨骼的"(skeletal)和"社会的"(societal)两个词词形相近。

露出哪怕一丁点儿安慰我的意思。似乎因为我的眼泪，我这位邻座开始疯狂地买起东西，像丧失了自我意识。他把空姐叫来，要了两罐啤酒、一杯可乐伏特加，又单点了一杯可乐，要了一桶品客薯片，外加一张刮奖卡、一只塞满小块巧克力的泰迪熊、一块特价的瑞士手表，还问空姐，航空公司有没有那种调查问卷——填表的人如果被抽中，就可以免费去什么地方度假。这个晒得黝黑的军人把泰迪熊推到我面前，说："如果没什么能让你开心，这个肯定行。"好像那只熊是一块缝了玻璃眼睛的手帕。

晚上十一点，飞机降落在帕尔马。外面山路陡峭，只有一个出租车司机在等着载客，而且他可能是一位盲人，因为他两只眼睛里都飘着一层白絮状的东西。他把车开过来的时候，排队的乘客虽然没人愿意承认，但实际上肯定都在担心会出车祸，所以不肯上他的车。我和他讲好价钱后，我们就出发了。我发现他并不看路，而是一边拧收音机的旋钮，一边盯着自己的脚。一个小时后，这位司机开着这辆梅赛德斯，小心翼翼地驶上了一条两边松树夹道的窄路。我们在那条路上好像行驶了很久。他终于开到半山腰了，却突然喊着"不不不"，一脚踩下了刹车。那是整个春天以来我第一次想笑。我们坐在黑暗中，一只兔子跃过草丛，两人一时间茫然无措。最后，为了刚才这惊险的一程，我给了他一笔可观的小费，然后下车，沿着漆黑的小路往上走去。我模糊地记得，这应该是通往旅馆的路。

我走在长长的山路上，下方的石屋子那儿飘来木柴燃烧的气味，有绵羊在山间吃草，不时传来清脆的铃声，铃声间断时，四周一片寂静。置身于如此环境，我忽然很想抽烟。虽然戒烟已很久了，但我还是在机场买了一包西班牙香烟。顾不了那么多了。路边不远处的一棵树下有一块石头，我在这块潮湿的石头上坐下来，把笔记本电脑夹在小腿间，在繁星闪烁的夜空下点上了一支烟。

比起在自动扶梯上强自镇定，在松树下抽廉价的西班牙脏烟叶真是舒服多了。当我在生活中无路可走时,实打实的迷路却让我不禁释然。正当我以为那天晚上要露宿山林时,忽然有人喊起了我的名字。接着,我先是听到路上有人说话,然后看到一双穿着红色皮鞋的脚向我这边走来,是一个女人。那个女人又喊了一声我的名字,但不知为什么,我没法把这个名字跟自己联系在一起。突然,一束手电筒的光照在了我脸上,那个女人看到我坐在树下的石头上抽烟,说道:"啊,你在这儿。"

女人脸色惨白,我不禁怀疑她是不是疯了。然后我想起来,我才是疯的那一个,因为在这气温已跌至零下的夜里,我还穿着在海边晒太阳的衣服,坐在半山边缘的石头上,她可是来找我的。

"我看见你走到林子里去了。我猜是迷路了,嗯?"

我点了点头,表情大概还是有些迷糊,因为她接着说:"我是玛丽亚。"

玛丽亚是旅馆的主人,她看上去比我们上次见面时老了不少,好像也过得更不开心了。可能我在她眼里也是一个样。

"你好,玛丽亚。"

我站起来说:"谢谢你来找我。"

我们默不作声地往回走,玛丽亚用手电筒指着我刚才错过的那个路口,仿佛一位侦探在为我们两个都不甚明了的事情收集证据。

客人们选择这家廉价小旅馆的理由很明确:环境安静,附近有柑橘园和瀑布,房间宽敞,价格便宜,能让人安心休息、平静思考。房间里没有放满饮料的小冰箱,也没有电视,也不提供热水和送餐服务。店主从没在旅游指南上打过广告,小店之所以旺季时总能住满,靠的全是口碑。我第一次来这里住时二十岁出头,当时正用一台史密斯·科罗纳打字机写我的第一部小说,打字机是装在枕头套里带过来的。后来,三十七八岁时,我又来过一次。那时我正在热恋中,随身带了一台手提电脑。当时不得不专门为这台电脑买了一个长长的方形包,里面有厚衬垫,还有放鼠标和键盘的格子。我为拥有这台电脑感到骄傲,但更得意的是,我用机场买来的延长线,在任何一个旅馆房间都可以把它安装好,用起来。还记得那是一个八月的下午,天气酷热难耐,我拖着重重的手提电脑,还有其他大包小包,正沿着山路往上走。我穿着一条短款的蓝色棉布连衣裙,踩一双绒面革便鞋,真是要多开心就有多开心。处在幸福中的时候,你会感觉那之前似乎什么都没发生过,幸福是一种只发生在现在时态的感觉。我喜欢一边独处,一边想着不久后就能回到爱人的身边,他是我一生的至爱。每天晚上,我都到比萨店旁边的旧式电话亭里给他打电话,手里紧紧攥着一把沾满汗水的100比塞塔[1]硬币。这些硬币让我们能听到彼此的声音,我把钱塞进投币口,相信爱情——伟大的爱情永不褪色。

如果说爱情已变得面目全非,无从辨认,小旅馆前面的露天平台却跟我上次来时看到的一模一样,橄榄树

---

[1] 西班牙采用欧元前的本位货币单位。

下摆放着桌椅,供人们用餐、闲坐。一切都没变,地上仍然铺着漂亮的瓷砖;两扇厚重的木门开向院子,正对着那棵古老的棕榈树;门厅里放着一架擦得锃亮的三角钢琴,很是气派;墙由大块冰冷的石头砌成,刷成了白色。我的房间也丝毫没变,只是这一次我打开满是虫洞的衣橱,看到挂衣杆上那四只变了形的金属衣架时,觉得它们形状上在模拟人们落寞的肩膀。

我开始像往常那么多次独自旅行时一样,熟门熟路地收拾起来。解开电线,小心翼翼地插上有两个插脚的欧洲转换插头——插口有些松,插头似乎随时会掉下来——然后打开电脑,给手机充上电,把随身带的两本书和一个笔记本摆在小书桌上。首先是翻旧了的《爱情和其他魔鬼》,然后是乔治·桑的《马略卡岛的冬天》。乔治·桑在书中记录了她在这里度过的一个冬天,当时陪伴她的是情人弗雷德里克·肖邦和她第一段婚姻所育的两个孩子。我带的笔记本上写着"波兰,1988"。如果说成"日志"或"日记",听上去可能更浪漫,但我还是愿意把它看作笔记本,甚至法官札记,因为我一直都在为自己不甚明了的事情收集证据。

这本笔记是1988年在波兰记的,我当时在那里做什么?翻看着笔记本,我回忆起当时的情形。

1988年10月,我受邀去波兰,为著名女演员索非娅·卡林斯卡导演的戏剧写报道,此前索非娅跟戏剧导演、画家及风格独特的电影导演塔德乌什·坎托尔有过多次合作。笔记本上的记录始自伦敦的希思罗机场。我坐在波兰航空公司一班飞往华沙的飞机上,几乎所有乘客都在一支接一支地抽烟,全部女乘务员都把头发染成了银白色。她们推着小车,给抽烟抽得正起劲的乘客们送来一种"软饮料"(樱桃汁?),用灰色的塑料杯子端给他们,就像厉害的护士在给不太配合的病人送药一样。这一幕出现在我二十年后的一部小说里,只是波兰航空公司的乘务员变成了从立陶宛、敖德萨和基辅远道而来的护士,她们在英国肯特郡的一家医院里为病人实施一种电休克疗法。

看来，二十年前我就在为这部小说的写作收集素材了。

接下来，笔记本上写着，我坐在华沙的一列火车上，5号车厢71座，开往索非娅·卡林斯卡所在的克拉科夫。在这里，我看到可以出现在坎托尔戏剧中的一个场景。一个士兵在向三个女人道别：妹妹、母亲和女朋友。他先亲吻了母亲的手，然后亲了亲妹妹的脸颊，最后亲吻了女朋友的嘴唇。我还注意到，波兰的经济正在崩溃，政府已将食品价格上调百分之四十，新胡塔的钢铁厂和格但斯克的造船厂都发生了罢工和游行。

从法官札记中看，我感兴趣的似乎是政治动乱中的亲吻行为。

现在，我在克拉科夫。索非娅·卡林斯卡排演戏剧时戴着两条萨满教风格的项链：一条是云纹绿松石做的，一条是苦艾做的。我注意到，苦艾酒就是用这种药草制成的。古埃及人不就是把苦艾泡在葡萄酒中，用来缓解各种病痛吗？我记得在哪儿读到过，十九世纪初，法国人把混合了茴香和绿茴芹的醇香苦艾酒发给士兵喝，用来预防疟疾。于是，士兵们回国后有了新的癖好，爱上了"绿衣仙子"[1]。躺在行军床上饱受伤痛折磨、精神恍惚的士兵们或许未必挨过蚊子咬，却肯定被这个扑扇翅膀的小仙子咬过。当然了，这是种比喻的说法。我提醒自己，记得问索非娅项链的事。她那时六十岁出头，参演过欧洲最有名的几部先锋戏剧，包括坎托尔的《死去的阶级》。坎托尔这部戏讲的是一些显然已经过世的人物与人体模型之间的对峙，这些模型让他们回想起自己年轻时的梦想。今天，索非娅有几条建议要讲给那些来自西欧的演员听。

"任何时候，形式都不能大于内容，尤其是在波兰。这跟我们的历史有关：镇压，德国人，俄国人，我们为自己强烈的情感感到羞愧。在戏剧中，我们必须小心谨慎地使用情感，不能模仿它。人们把我的作品说成是

---

[1] 苦艾酒为绿色。

'超现实的',但在我的作品中,超现实的情感是不存在的。同时,我们创作的也不是心理戏剧,我们没有模仿现实。"

她叫一位年轻的女演员说出想说的话。

"说出想说的话,不是指大声说话,而是指你觉得自己有资格说出内心的愿望。我们心怀期盼的时候总会犹豫不决。在我的戏剧中,我想把这份犹豫表现出来,而不是隐藏起来。犹豫跟停顿不同,它是要把愿望压回去。但如果你愿意正视这个愿望并把它说出来,那么即便你的声音很小,观众也一定能听到。"

然后她提出一个想法。她说,美狄亚这个角色的戏服完全穿错了。她杀死了自己的孩子,所以她的衣服应该在肚子位置挖一个洞。索非娅说,这是一个富有诗意的人物形象,但演员说台词却绝不能像背诗一样。

我忽然想到,在很长一段时间里,索非娅给演员们的建议一直影响着我自己在写作上的探索。内容应该大于形式,是的,对于像我这样一直热衷于形式实验的作家来说,这是一条颠覆性的建议。但对于从未进行过形式实验的作家来说,这条建议就没有什么意义了。华沙那个士兵亲吻的如果是母亲的嘴唇和女朋友的手,接下来会发生什么?——对于一个从未想过此事的作家,索非娅的建议也毫无必要。是的,没有"超现实的情感"这种东西。索非娅还有一个观点,那让一贯沉着镇定的先锋派都闻之色变:她认为,用冷冰冰的声音,情感会表达得更为充分。至于小说家运用各种策略,展现人物如何压制内心由来已久的愿望——对我来说,这个讲述犹豫的故事本身,正是写作的意义之所在。

我不知道自己来马略卡岛为什么还要带着这本"波兰笔记本"。但实际上,我知道。笔记本封面背侧,潦草地记着两份波兰菜单,那是我请索非娅帮我翻译成英语的:

加了煮鸡蛋和香肠的白罗宋汤。

传统猎人炖菜配土豆泥。

软饮料。

或

传统波兰黄瓜汤。

包菜叶裹肉配土豆泥。软饮料。

二十年后,我把这两份菜单写进了小说《游泳回家》中,这本书尚未出版[1]。波兰航空公司的乘务员变身为来自敖德萨的护士,也出现在同一本小说里。但我不愿再想这些事了。我合上笔记本,稍后又把它放在小书桌上,然后重新摆放一通椅子。

第二天早上,我八点钟醒来,听到玛丽亚正朝她哥哥大喊,她哥哥正朝清洁工大喊。我都忘了南欧人是怎样大喊大叫地说话的了,也忘了这里此起彼伏的关门声

---

[1] 该书英文版已于2011年出版,本文写作应早于这一时间。

和狗叫声。山谷里总是传来更多的乒乒乓乓声，那是人们在砌石墙，在修棚屋、鸡舍和篱笆。

还有一种声音，那么熟悉，又那么恐怖，让我直想用手指堵住耳朵不听。下楼去露天平台吃早餐时，我听到一个女人在"哼——哼——哼"地哭。"哼"声时长时短，那些拖得长长的哭声中透着无尽的悲伤，这让我非常难过。哭泣声来自平台正上方的杂物间，那里存放着扫帚、拖把等物品。玛丽亚正趴在洗衣机上，头埋在胳膊里哭。她看到我走向一张桌子，便背过身去。

十分钟后，玛丽亚用银色的托盘为我端来早餐：盛在小碗里的自制酸奶和黑蜂蜜，几只热的小圆面包，一大杯香气扑鼻的咖啡，旁边配一壶牛奶、一杯泉水——水里放了一片柠檬，另外还有两颗鲜杏。她把早餐一样一样放在桌上，只字不问我在伦敦的生活，我也绝口不提她在这里的生活。我刻意不去看她，但我觉得自己是一名侦探，正在为一些我们俩都不甚明了的事情收集证据。

在这个信仰天主教的村子里,像玛丽亚这样没结婚也没孩子的女人少之又少。也许她有意躲着这些事,知道婚姻和孩子对她最终是一种压榨。不管怎样,很明显她另有计划。她设计了柑橘园的灌溉系统,这家收费不高、安静宜人的小旅馆的内部格调当然也由她打造。如果说这里吸引的主要是独自旅行的游客,那么玛丽亚可能已悄然为人们建造了一处逃离家庭的避难所。同时,这也是她的家(哥哥嫂子另有住处),只是这个家不完全属于她,因为所有财务问题都由她哥哥处理。尽管如此,玛丽亚还是在努力过着一种剔除了妻子和母亲日常职责的生活。

我咬一口甜甜的橙红色杏肉,想起一些女人,那些在学校操场上和我一起等着接孩子的妈妈。既然做了母亲,我们就都变成了影子,被生孩子之前的那个自己一路紧追不放。我们推着婴儿车走在英国的雨中,那个独立的、凶巴巴的年轻女人跟在后面大喊大叫、连连指责。我们也不知道如何应对,想反驳几句,又解释不清。我们不仅仅"有了"孩子,而且变得面目全非,自己都没法理解:沉重的身体,鼓胀的乳房,在激素的控制下,时刻准备好满足孩子的需要。

> 女性的生育与妊娠不仅仍然深深吸引着我们的集体想象,而且已经成为一座圣殿……母性在今天浸透了宗教情感的遗存。
>
> ——茱莉亚·克里斯蒂娃《今天的母性》(2005)

母亲是全世界都极力想象的那个女人。世界对我们活着的意义抱有充满怀旧色彩的想象,几乎没有商量的余地。问题在于,我们自己也怀着各种不切实际的想象,规定了母亲应该是什么样子,且极力想符合那些要求,为此吃尽苦头。我们还没有完全理解,社会系统想象出来的带有政治色彩的"母亲"其实是一种妄想,世界爱这一妄想超过爱母亲本身。尽管如此,揭穿这个妄想还是让我们感到内疚,担心我们为自己和心爱的孩子所造的壁龛，会坍塌在我们沾满泥水的运动鞋旁——这鞋子可能是在遍布全球的血汗工厂里，由可怜的童工缝制的。这情况有些难以理解，因为在我看来，男性世界及其政治格局（从不利于儿童和女性）实际上是在嫉妒我们对婴孩浓厚的爱。和一切与爱有关的事物一样，孩子让我们感到极其幸福；当然，孩子有时也会让我们难过，但从不会像二十一世纪的新男权政治这样让我们备受折磨。它要求我们既被动又有雄心，既有母性的慈爱又要保持旺盛的性欲，既要无私付出又要感到满足——我们要成为无所不能的现代女性，同时还得承受经济和家庭方面的种种羞辱。如果说我们大部分时候都在为这样那样的事而感到内疚，但我们其实并不知道自己到底做错了什么。

在学校操场上，我遇到一些女人，她们使用语言的方式很奇怪。她们像小孩一样说话，但又不像孩子们实际说出来的那么有趣。比如"叹息""呻吟""微笑""极好""欢呼""蔬菜""抽鼻子"这些词，每个词词尾都会加上一个"i"的音。她们还刻意跟工人阶级的妈妈们——她们口中的"渣浮青年"——保持距离。那些妈妈不像她们那么有钱,教育程度也没有她们高,更爱吃巧克力、炸薯片和类似的好吃的。她们这样说话:"哦,天哪,我都不知道该往哪儿看了。"相比之下,我确实认为这样的词语更令人兴奋:

哦,天哪
我都不知道该往哪儿看了

如果说"哦,天哪"是威廉·布莱克[1]附体,那么词尾拖上个"i"这种说话方式,与其说显得人成熟,不如说低幼。我听着那些妈妈的谈话,一时有些恍惚。我知道,为了扮演好社会系统下的这个新角色,我们都已精疲力尽。这件事让我们所有人都看起来怪怪的。

---

1 威廉·布莱克(William Blake),英国诗人和版画家,善用歌谣体和无韵体写诗。

当时我正在读艾德里安娜·里奇的书,她的原话如下:"在男性意识主导下产生的制度里,女人不可能真正地成为其内部一员。"这让人感到别扭。我越来越觉得,母性本身就是男性意识主导下产生的一项制度。这种男性意识其实是一种潜意识,它需要做了母亲的女性配合,压制自身的欲望,而满足配偶及其他所有人的欲望。我们试着压制自己的欲望,结果发现自己在这方面颇有天赋,于是投入大量精力,为自己的孩子和男人打造一个家。

房子意味着一家人的住所,它专门用来安置孩子和男人,以限制他们内心的任性,让他们不要总是想着冒险和逃离,那是他们从来就有的渴望。处理这个问题最大的难点在于考虑那些基本的,也是完全可控的方面:如何同时为孩子和男人提供一个中心点。女人将此看作一栋房子所意味的最大挑战……女人布置的房子是一处乌托邦。她忍不住要这么做,不是用幸福本身,而是用对幸福的求索,去吸引自己最切近、最亲爱的人。

——玛格丽特·杜拉斯《物质生活》(1987)

没有人比玛格丽特·杜拉斯说得更残酷或更仁慈了。在我读过的所有女权主义批评理论或哲学著作中,杜拉斯的说法最为鞭辟入里。玛格丽特戴着大大的眼镜,有着强大的自我。强大的自我帮她将那些关于女性气质的谬论踩在脚下碾碎——她的鞋底可还没有她的眼镜大。在还没喝到太醉的时候,她总能腾出脑力继续发力,踩碎新的谬论。奥威尔说,纯粹的自我中心是作家的必备品质,那时他也许并未将女作家考虑在内。即便是最不可一世的女作家,也需要夜以继日地工作,以建立强大的自我,助她顺利地度过一年的头一个月,更别提还得一路挨到十二月。我听到杜拉斯千辛万苦建立起来的自我在对我说话,穿越每一个季节,对我不停地诉说。

男人和女人究竟不同,做母亲和做父亲很不一样。做母亲意味着一个女人把她的身体全部交给孩子,或孩子们;孩子们在她身上就像在山上,在花园里;他们吞没她,击打她,睡在她身上;她任由自己被吞没,有时因为孩子们在她身上,她反而才能睡着。这种事是不会发生在父亲身上的。

但也许女人在做母亲和妻子的过程中隐藏起了自己的绝望。也许她们的一生都是这样度过的,在日复一日的绝望中逐渐丧失了自己的合法领地。也许她们年轻时的抱负,她们的力量和爱,都顺着伤口流走了,而那些造成伤口的伤害,其由来完全合法,她们因此没有理由拒绝承受。也许就是这样——女人与殉难相伴而生。有些女人完全满足于炫耀自己的才能,比如带孩子做游戏的能力,比如厨艺和美德等,这样低微的女人比比皆是。

——玛格丽特·杜拉斯《物质生活》(1987)

玛格丽特·杜拉斯的意思是,女人与其说是神秘幽暗的大陆，不如说是明亮的边缘地带？如果母性是女性唯一的能指，那么我们知道，自己怀中的婴儿，只要身体健康并得到精心的照料，终究会离开我们的怀抱，去见别人。去见另外一个人，去见识这个世界并爱上它。有些妈妈会发疯，因为正是孩子们爱上的那个世界让她们觉得自己毫无价值。生活在女性概念的边缘地带并不舒适，在孩子身上寻求庇护则同样不明智，因为孩子们总是渴望闯荡世界，去见别人。是的，曾经很多次，我把女儿们唤回来，帮她们拉上外套的拉链。但是我知道，她们宁愿自由地跑开，受点儿冻也无所谓。

有人说，我拒绝承认母性本能和爱有任何价值。不是这样的，我只是要女人们真实、自由地去体验这两者。实际上，她们常常以此为借口，在其中寻求庇护，却发现当心灵的感情耗尽时，避难所已变成了牢笼。
——西蒙娜·德·波伏娃《时势的力量》(第三卷)(1963)

我开始将操场上那些说话拿腔捏调的女人看作一副副骨架，只不过这些骨架穿着颜色淡雅的羊毛开衫，扣子上缝着亮闪闪的小圆片。而那些说着"哦，天哪"的女人则是穿着运动服的骨架。社会系统如法医一般将操场上的女人愚蠢地划分为富有的骨架和贫穷的骨架，我们在其中都感到很不自在。

我认识一个眼睛特别小的妈妈，那些拿腔捏调的女人如果看到她，肯定会说那是"像猪一样的眼睛"。并不是说她的眼睛真有多小，而是眼窝特别深，眼睛恨不得躲进脑袋里不见了似的。每次在操场上见到她，我都刻意不去看她的眼睛，但又总是忍不住。那对极小的窥视孔有时会躲开我的目光，通常是在她语气坚定地说起自己丈夫的时候——必须说明，是"通常"。据说，她那位魅力非凡但盛气凌人的丈夫是她此生的至爱。实际情况是，他的爱让她失去了自己的生活。记得当时我在想，是的，永远不要把恨误当作爱。

她好像在模仿男性意识的声音，但又没有权利把这个声音变成自己的——她用这个声音告诉自己，她不想迁就笨人（就是我），她代表着特定的价值观。最令人不解的是，她需要在丈夫几乎不参与的情况下抚养孩子，却自觉因为有丈夫的存在而有权嘲笑操场另一边的单亲妈妈，对她们评头论足。她运用腹语术一般，悄然搬用了丈夫的价值观和道德标准，这不仅令人难以置信，简直可以说过于疯狂。她的确不怎么讨人喜欢，我开始把她看作一个政治犯了。她的眼睛恨不得躲进脑袋里不见，可能是因为她不想看到她所盲从的这个现实世界也许终将害死她。

那么我自己的眼睛呢？我的眼睛在自动扶梯上迅速涌满泪水，丝毫不想去看生活中那些糟糕的方面。可是，哦，天哪，它们不知道该往哪儿看。

我当然没有在看玛丽亚，她背对着我，正在扫院子。

我决定去村子里的商店看看有没有纯巧克力，就是令马尔克斯笔下那个不忠的妻子贝尔纳达·卡布雷拉陶醉不已的那种。没想到竟然找到了。在我面前,和其他常见糖果摆在一起的,正是一块"特醇黑巧克力",可可含量99%,成分:可可,糖。包装纸上甚至印着警告,说这种巧克力"纯度极高"。这家食品杂货店的主人是一个颇有气质的中国人,来自上海。从我认识他的第一天起,他就总是坐在柜台后面读书,玳瑁眼镜在鼻梁上半滑落下来。我们客气地稍加寒暄:你好啊,是的,这个季节游客不多,没错,冷得很,天气预报说甚至可能会下雪。他问我,今天打算怎么安排?说话时,我发现他头上已有缕缕白发了。

我说打算走路去邻村,看看乔治·桑和弗雷德里克·肖邦在1838年到1839年的那个冬天住过的修道院。

他笑了一下,但更像扮了个怪相。啊,乔治·桑,马略卡岛的人们可不喜欢她。她穿着男人的衣服,说岛上的人们更喜欢自己养的猪,而不是人。不,乔治·桑可不是一个他愿意坐下来与她共饮一杯的女人。我笑了，自己也不知道在笑什么，或笑谁。我把买巧克力的钱给他，想了想，又给玛丽亚也买了一块含99%可可的巧克力。

乔治·桑（真名阿芒蒂娜·奥萝尔·露西·迪潘男爵夫人）白天需要吸大雪茄才过得去。住在天主教加尔都西会阴暗的修道院里，她应该更需要抽雪茄了。这里的花都枯萎了，壁龛里摆放着受难圣人的木质雕像。带着孩子们和情人住在这里，未免叫人觉得有些不吉利。旅游手册上说，她除了在修道院租房子别无选择，因为肖邦被诊断出患有结核病，没人敢为他提供住处。我很佩服乔治·桑，她在这种情况下仍然努力地保持乐观，不为孩子们过度担心，还穿着肖邦的裤子继续伏案写作，而不是徒然地浪费生命，为自己的遭遇痛哭流涕。心里想着这些，我步履轻快地走出修道院，穿过杏树林，向山崖那边咆哮的大海走去。

海浪撞击着岩石，冷风中我的手指几乎冻僵了。我在等待着什么事情发生。应该是在等待一个启示，重大、深刻、令人震撼的启示。可是，什么都没发生，毫无动静。然后，我忽然想起浴室里那张海报，题为"骨骼系统"，我却看成了"社会系统"。接下来出现在脑海中的，是旅馆门厅里那架沉默的钢琴，一架每天都擦得锃亮，却从没有人弹的钢琴。不知为什么，我对那架钢琴念念不忘，它牢牢地吸引了我的注意力。实际上，那天早上下楼的时候，我还刻意不去看它。此刻，想着自己曾心怀渴求的一切，我不禁笑出声来。听着自己残忍的笑声，我只想死。

那天晚上，我向玛丽亚那个一脸凶相的哥哥多要一床毯子，好在寒冷的马略卡岛再熬过一夜，他却装作没听懂我的话。整个山谷都弥漫着木柴燃烧的烟味，显然家家户户都点起了炉火。唯一一家在这个季节还开着的餐馆肯定也在房间后面点了火堆，于是我向餐馆走去。女侍应过来告诉我，我一个人占用三人桌是绝不可以的。我从玛丽亚的哥哥那里学到一招：装作听不懂她的话。不远处坐着一对德国夫妻，他们戴着同样的帽子，穿着同样的外套和便靴。这对夫妻见状,临时当起了翻译,先是把女服务员的话翻译成德语,后来又翻译成葡萄牙语,最后那种语言听起来好像是俄语。我专心致志地看着菜单,冲恼火的服务员和热心的外语专家不耐烦地点点头。忽然,我发现那位中国店主也在餐馆里坐着。他朝我挥挥手,向我的三人桌走过来。

那么,我仍然认为马略卡岛的人们遇到像乔治·桑这样一个淫荡无礼的女人是幸运的吗?他问我。

我说是的,这里的人们遇到乔治·桑是幸运的,我遇到他也很幸运,因为我眼看着就要被服务员从火堆边的位置给拖走了。他坐下来,解释说,即便乔治·桑来自法国,那里烹饪方法精巧,人人都用黄油做饭,但嘲笑农民用便宜的食用油做饭,这是不对的,桑却那么做了。他平时说话有西班牙口音,但说到这里,中国口音却流露出来。他的声音仿佛突然从高空跌落一段距离,像飞机飞行时气流引发了颠簸。我请他跟我在这张三人桌上一起喝两杯。

一开始，我们聊起了汤，他说几乎都忘了中国汤是怎么做的了。很多年前，他登上一艘船，离开上海，去巴黎一家卖鱼的店里工作，那年他十九岁。他在巴黎第十三区的出租屋既是客厅也是卧室，屋子里永远弥漫着一股虾蟹味，因为他大多数时候都用这两样食材做饭。房东对此很困惑，说房间里尿骚味不散——仿佛那是巴黎的标配。欧洲神秘而疯狂，他需要学会一门新的语言，挣出自己的房租。但这是别样生活的开始，他每天都过得兴致勃勃。现在，他向游客售卖意大利比萨饺和德国鲜猪肉香肠，比以前有钱，可他困惑的是，此外还有什么盼头呢？我觉得他这是在问我，但我不想回答。他抿了一小口酒，把杯子认真地，甚至一丝不苟地放在桌上，然后抬起手，伸出两个手指，轻快地碰了碰我的胳膊。

"你是作家对不对？"

这个问题不能照字面理解，因为好几年前我就瞥见他在柜台后读我的一本书了，当时柜台上摆着一些渗出水珠的奶酪。他知道我是作家，所以我在想：他真正想知道的究竟是什么？我感觉，他想问的其实是别的事，而我一直在追问自己的也另有其事：对于自己为什么总在自动扶梯上流泪，我仍毫无头绪。所以当他说"你是作家对不对"时，浴室里那张骨骼系统的海报又一次浮现在我脑海中。我不确定自己的骨骼系统是否在社会系统中找到了自由行走的方式，因为事实证明，晚上独自来到一家空荡荡的餐馆，找个好地方坐下而不被赶走，就已非易事了。如果我是乔治·桑，我就会把雪茄烟头往地上一扔，找张六人桌一坐，然后理直气壮地点一份烤乳猪，再来一大壶最好的红葡萄酒。不过，这种戏剧化的场面并不是我想要的。前一天半夜里走进树林，那实际上才出自我的本意。迷路确实是因为错过了通往旅馆的路口，但我想这错过是有意的，因为我想看看接下来会发生什么。

我仍然没有回答那位中国店主的问题："你是作家对不对？"那年春天，我过得十分艰难，完全看不到出路,所以面对这个问题,我说不出"对"或"嗯",甚至不能点头表示肯定。我大概是为自己那一刻的想法感到尴尬吧。总之,答案会很长,大致是这样:"当一个女作家护送一位女性角色来到她文学探索(或森林)的中心,而角色的身影开始占据这个地方时,她必须找到一种语言,让自己学会成为一个主体,而不是一个妄想,同时要弄清楚社会系统起初对她施加影响的种种机制。着手做这件事时要十分谨慎,因为作家自己也会生出很多妄想。实际上,最好从一开始就保持与众不同。学着成为作家已经很不容易,学会成为主体则更是令人精疲力尽。"

我不知道如何把这些想法连缀在一起,而且心里还有一部分意志,叫我不愿在这些事上再停留哪怕一秒。于是我停止思考,让想法悬在半空中,就像撞向岩石前的海浪。我仍然没有回应中国店主的问题。

他又碰了碰我的胳膊,然后往我杯子里添了些酒。他的目光炯炯有神,散发善意。他在向我发出邀请,我能感觉到,他想听的是详细的叙述,只回答"对"或"不对"肯定远远不够,"嗯"一声或耸耸肩就更不行了。我想,告诉他自己在自动扶梯上哭的事也没什么损失。

他说,你看,你知道我会说西班牙语,也会说法语,不过我的英语不太好。你会说汉语吗?

不会。

法语或西班牙语呢?

也不会。

你们英国人怎么一门外语都不会?

没错,我说,可是你知道吗?我也不是纯粹的英国人。听到这话他吃了一惊,那个两眼放着凶光的女侍应正在附近偷听,她看上去也大吃一惊。当然,接下来,他就问我是在哪儿出生的。我开始用英语跟这个中国店主讲起我的出生地,但我也不确定,你现在即将读到的这些记述,我当时是不是都说到了。

2

历史方面的冲动
HISTORICAL IMPULSE

我逐渐认识到,迄今为止每一种伟大的哲学都是作者心迹的坦白,或者说,是一种不自觉、无意识的自传。

——弗里德里希·尼采《善恶的彼岸》(1886)

1
约翰内斯堡,1964年

种族隔离制度下的南非下雪了。雪落在斑马身上,蛇身上,落在父亲的眼镜上,一时间我看不到他的眼睛了。我五岁,只在图画书上见过雪。父亲牵起我的手,我们沿着红色走廊的台阶往下走到花园里,想好好看看我们的桃树。树上覆盖着一层冰晶。尽管没有手套和厚围巾,我们还是打算堆一个雪人。没关系的,爸爸说,咱们堆吧,非洲可不是每天都下雪。

我们用手捧起约翰内斯堡奇迹般的雪,堆成一堆,拍出一个胖胖的半圆球体,这就是雪人的身体了。最后给它安上头,用桃树上掉下来的一根树枝做嘴巴,勾勒出一弯大大的微笑。用什么做眼睛呢?我跑回屋,取来两块姜味饼干。我们在雪人头上挖出两个浅坑,把圆圆的饼干摁进去。天黑了，我们往回走，沿着打了蜡的台阶向上，来到红色的走廊里，走廊尽头是一扇门，门打开是厨房，食品储藏间墙面的油漆有些地方已经剥落，墙边放着一棉布袋的橙子。这处小屋是我们租的，位于诺伍德郊区。

外面，雪人伫立在非洲的星空下。明天我们要把雪人堆得更高、更胖，还要给他找一条围巾。

那天晚上，我躺在床上，安全局政治保安处的人来敲我家小屋的门。他们要把父亲带走，让他把东西装进手提箱。两个警察在花园里抽烟，雪人用圆圆的、中空的眼睛看着他们。父亲的手提箱很小，这是不是说明他很快就能回来？那些人的大手抓着父亲的肩膀，父亲则努力对我做出微笑的表情，像雪人那样，两边嘴角向上弯。现在，他被那些人匆匆押走了。我之前偷听父母的谈话，知道那些人会对人严刑拷打，其中几个手腕上还文着万字符。一辆白色的小汽车停在我家屋外，那些人嘴里说着"快快快"。那辆车载着父亲开走了，我朝他挥挥手,他却没有回应。

我穿着睡衣来到花园里,问了雪人一个问题。就像人们跟上帝说话那样,我在心里默默地跟他说话,他也默默地回答我。

"接下来会发生什么?"

雪人说:"他们会把你父亲投进地牢,他将在那里受尽折磨,整夜痛苦地哀号,而且你永远没法再见到他了。"

我感到有人在抚摸我的头发。是玛丽亚,她正用那双棕色的大手捧着我的脸,使劲捧着我的脸颊。玛丽亚是一个高个子的祖鲁女人,她有一种耐嚼的长方形糖果,叫"小粉",用蜡纸包着,总藏在衣兜里。玛丽亚一边哭,一边对我说:"你要是反对种族隔离,就可能进监狱。不管现在还是将来,你都得勇敢,很多孩子都得勇敢,因为他们的爸爸妈妈也被带走了。"

玛丽亚住在我们家里,是我的保姆。她有一个和我同岁的女儿,叫坦蒂韦。但她说坦蒂韦的另一个名字是多琳，这样方便白人叫。玛丽亚的真名是扎玛，我可以叫她扎玛，但她让我叫她玛丽亚。我母亲说，"玛丽亚"是西班牙语和意大利语中的一个女名。

"玛丽亚，现在坦蒂韦在干什么？"

每次我问起玛丽亚她女儿的事，她都会用舌头发出啧啧的声音。我想这是"别提了"的意思，叫我不要再问坦蒂韦的事了。我们回到厨房，她叫我往她脚上抹凡士林。除了"小粉"，玛丽亚口袋里还总装着一罐凡士林。现在她把凡士林拿出来，我坐在地板上，这样她就能把右脚放在我腿上了。玛丽亚脚跟后侧的皮肤干裂了，这就是为什么她叫我"抛光"她的脚。我把这种油乎乎的胶状物给她搓到脚上，搓到手指头都热了。与此同时，我看着母亲不停地给律师和朋友们打电话，她肩头还趴着熟睡的弟弟，那时弟弟只有一岁。当母亲朝玛丽亚使眼色时，我知道她是不想让我听到她跟别人的通话。

"玛丽亚，现在坦蒂韦在干什么？"

一个星期前,坦蒂韦来过我家。玛丽亚把我们两个一起放进浴缸,用一块崭新的力士香皂给我们搓澡。我俩你盯着我,我盯着你,轮流拿起香皂。玛丽亚甚至给了我们每人一块"小粉",所以那天一定是个特别的日子。然后她往我们嘴唇上抹了些凡士林,因为我们都被日头晒"裂了"。到不得不离开我们家时,坦蒂韦哭得像个泪人。她的眼泪喷涌而出,落到裹着她肚子的毛巾上。玛丽亚用工钱给女儿买了一双崭新的上学穿的鞋,这会儿正把她放在腿上,给她往脚上穿。但坦蒂韦一直在哭,她那小小的、散发着力士香皂味的胳膊紧紧搂着母亲的脖子。坦蒂韦不该出现在我家,因为她是黑人。我得答应玛丽亚不告诉任何人,谁都不能说。有时候我叫坦蒂韦"多琳",有时候不。多琳住在黑人居住区,当玛丽亚带着她离开小屋,准备送她去"黑人专用"车站坐车回家时,她还在哭。玛丽亚说她得勇敢些,说奶奶在等着看她的新鞋呢。除了爸爸被带走的那一幕,最让我伤心的就是看着坦蒂韦努力表现出勇敢的模样了。给玛丽亚的脚上搓完凡士林后发生了什么，我不记得了。但后来我躺在了床上，母亲也躺在我身边。我们的头挨在一起，那时我虽然心里痛苦，但同时也感受到了爱。

早上，雪人化了，就像爸爸一样，消失不见了。

雪人是什么？是孩子们堆出的一个胖胖的、父亲般的存在，守护着这个家。他很有分量，实实在在地站在那里，但同时也是不真实的，虚幻的，如同幽灵一般。从我们用姜味饼干给他做眼睛的那一刻起，我就知道，他已经成为一个雪的幽灵。

2

两年后,我七岁,爸爸依然没有回来,但妈妈说他会回来的。我有一个芭比娃娃,我盯着她带妆的眼睛,想着爸爸的事。我的爸爸消失不见了。他不见了是因为他是非洲人国民大会[1]的成员。政府下令取缔这个组织,因为它为所有人争取平等的人权。每个人都得勇敢些。

我努力在芭比娃娃的蓝眼睛里寻找不勇敢的迹象,好在一点儿也没找到,因为她上了眼妆。她平静极了,漂亮极了,我也想像她那样。叫我开心的是,我的娃娃配了四顶假发和一只吹风机。很明显,这个世界上发生的那些可怕的事丝毫没有伤害到她。我希望我也有上了妆的蓝眼睛和长长的黑睫毛。我不想让自己的眼睛里藏

---

[1] 南非政党,1912 年成立,为南非最早的非白人政治组织。

着秘密（那么你爸爸在哪儿？），因为压根就没有秘密（他正在地牢里遭受折磨）。芭比娃娃是塑料做的，我希望自己也是塑料做的。

在学校里，我说话总是很难大声。声音莫名其妙地变小了，我不知道怎么提高音量。从早到晚，别人不停地叫我重复刚刚说过的话，我会再说一遍，但声音还是高不了。

"你不会说话了吗？"

我告诉别的孩子，我父亲去英国了。

"哪儿？"

"因国[1]。"

我也不清楚英国在哪儿，或者父亲具体在什么地方，但我们的阿非利卡[2]老师盯着我的眼睛，好像她什么都知道了。我脑子里在想着"突如其来"[3]这个短语，

---

1 作者小时候在南非生活，此处原文为 Ingerland，当指她的英语发音不标准。

2 阿非利卡人为 17 世纪荷兰移民的后裔，母语为阿非利卡语，与荷兰语相似。

3 原文是 out of the blue（蓝色），为非正式用语。

想到有东西从蓝色中出现，真是太好玩了。有一团蓝色，阔大，神秘，像雾或像气，像一颗行星，但同时也是一颗人头，不过形状像星球。突如其来地，老师问我，我的姓怎么拼？

"L-E-V-Y。"

在我看来，她显然知道我父亲是政治犯，可接下来她却用激动的声音说："对了，你是犹太人。"好像她刚刚发现了什么难以置信的事，比如看到一枚古罗马硬币卡在小猫的爪子里，或是看到一只蜻蜓藏在一块面包里。然后她眨了眨肝脏色的睫毛，说："真是受够了你的胡闹。"

她这么说可并非突如其来，一点儿都不。伏笔就是好几周以来，她一直在我的练习簿上写下愤怒的批语。

第一行应该写字。从这里开始写。

我从没理会她用红色圆珠笔写的批语，因为从第一行写字我实在做不到。不知为什么，我总是从第三行开始写，所以在字和页面顶端之间会空出一片。她说我浪

费纸,然后在每页第一行和第三行之间的空白处,用她自己的字填满:

从这里开始写。

从这里开始写。

从这里开始写。

她的手指在我面前晃动,快要穿透我的眼睛,就像鬼魂穿过砖墙。

"把我写在你本子上的话大声读出来。"

"从这里开始写。"

"听不到!"

"从这里开始写。"

"好。班上为什么只有你一个人这样,想从哪儿就从哪儿开始写?带着你的本子去校长办公室,校长在等你。"这可真是突如其来。我并不希望辛克莱先生等我。

我胳膊底下夹着那本不合规矩的练习簿,透过窗户向另一间教室里看去。在一年级J班,有个叫皮特的男孩额头上有一块紫色的印记,看似枪伤。所有孩子都知道,那是因为他在班里说脏话,一个老师剃光了他的头发,用棉球在他额头上涂了碘液。现在,他额头上留着紫色的污迹,每个人都会看到他做错事了。我不知道那块印记还洗不洗得掉。当我听说耶稣基督的故事,知道那位可怜的木匠手掌中钉进了钉子时,我就想到了皮特。耶稣复活后,手上还有钉子留下的洞,难道皮特头上的"洞"也要跟着他一辈子吗?透过窗户我看到了皮特,白皙的额头上有块紫色的污迹,他正用手指指着书上的字跟着读呢。不知道力士香皂能不能洗掉那块污迹?还是颜色渗得太深,香皂也洗不掉了?

皮特是阿非利卡人,而且我知道,那些嘴里说着"快快快",带走我父亲的人也是阿非利卡人。我似乎应该把他们看作坏人,但我真心为皮特感到难过。这时我想起来,自己也做错事了,现在得走过那座混凝土小桥去校长办公室。

小桥俯瞰着操场。所有白人孩子都在教室里学习,三个黑人孩子,两个男孩一个女孩,却从大门外爬进来，正在操场上翻垃圾箱。那几个孩子光着脚，女孩穿着一件只有一只袖子的黄裙子，头发剪得很短，像坦蒂韦那样。我和坦蒂韦一起在浴缸里洗澡，有时会用力土香皂帮对方洗头。肥皂沾到了眼睛里，就得往脸上泼水，随后闭着眼睛找毛巾。因为眼睛疼，看不见，就会撞到对方。但其实并不是一点儿都看不见，我们只是喜欢和对方撞在一起，就故意装看不见。从小桥上我看到，那个女孩找到了一些面包，其中一个男孩找到一只绿袜子，揣进了口袋里。然后他抬起头，看到我正在看他，我急忙蹲下。过了一会儿，我站直身再往那边看，他们已经跑了，而辛克莱先生还在等我。

"把你的本子给我。"

校长坐在办公桌后，喝着咖啡。

我把练习簿放在亮闪闪的桌子上，朝他推过去。校长打开本子，盯着第一页看了一会儿。然后他翻过这一页，又翻了一页。辛克莱先生皱着眉头，手指指在第一行。他用手指敲着写满了"从这里开始写"的那一页，我看到他的指关节上长着一绺黑色的毛。

"看看。你为什么不从这里开始写？这里。这里。这里。从这里开始写。你明白吗？"

我点点头，两条金黄色的马尾辫左右摇晃。

他站起来，开始卷衬衣的袖口。桌子上摆着一个相框，照片里是两个小孩，一个男孩，一个女孩。男孩剃着皮特那样的光头，穿着童子军制服。女孩穿着一件蓝格子棉布裙，漂亮的姜黄色头发上戴着一条与裙子相衬的蓝发带。突然，我感觉到辛克莱先生的手放在了我的腿上。这太意外了，我吓了一跳。校长正用两只手拍我腿的后侧。

七岁的我已经略懂人事。比如有些人按理说应该是安全的，你却觉得他们并不安全。拿辛克莱先生来说，虽然他是白人、大人，办公室门上还有他烫金的名字，但跟刚才我在操场上暗中观察的那几个黑人孩子相比，我觉得他肯定没有后者安全。还有，白人小孩在心里其实怕黑人小孩，因为他们朝黑人小孩扔石头，还做过其他坏事。白人害怕黑人，也因为他们对黑人做过坏事。如果你对别人做过坏事，你就觉得对方不安全。不安全，你就觉得不正常。在南非的白人就不正常。我听说过沙佩维尔大屠杀的各种传闻。那是在我出生一年后，白人警察朝黑人开枪，男人、女人和孩子纷纷倒在血泊中，后来下雨才把血水冲走。辛克莱先生对我说"回教室去吧"的时候，他出汗了，还喘着粗气，我知道他感觉不正常了。

我使劲抓着给我带来大麻烦的练习簿，决定不回教室了。我径直走出学校大门，向公园走去。那里有一只橡胶轮胎，用绳子系在树上，我在那个轮胎上荡过秋千。公园围栏上钉着一块刷着红瓷漆的牌子，上面写着："遵市秘书兼行政官令，本游乐场只允许欧洲儿童进入。"太阳像火一样烤着我外露的膝盖，我便来到树荫下的跷跷板上，在那里待了两个小时。

回到家，我从食品储藏间的袋子里拿出一只橙子，光着脚把它踩在脚底下滚来滚去，直到橙子变软。然后我用大拇指在上面戳出一个洞，往外吸果汁。还是渴，于是我又来到院子里，打开浇花园的软管喝水。正是一天中最热的时候，我们家的公猫瘫倒在桃树下，就是曾经奇迹般落满雪的那棵桃树。六点钟，母亲下班回家，说有话要跟我说。她说我要去德班跟教母一起生活几个月，所以很显然，学校已经打电话告诉她我下午没回教室的事了。母亲抱住我，抱了很久。然后我回到花园，打算把情况告诉玛丽亚。

晚上，玛丽亚总是坐在走廊的台阶上，用一个小罐喝炼乳，她用开罐器在罐子上打了一个孔。她说她在盯梢，防备"城镇大虾"来捣乱。我和萨姆在花园里种下十粒西瓜种子，但玛丽亚说城镇大虾有可能会抢在我们前面把小西瓜吃掉。她说大虾其实是一种大蟋蟀，会吃树上掉下来的坏桃子。如果我们碰了它，它就会朝我们跳过来，把一种乌黑闪亮的液体喷进我们眼睛里。我在玛丽亚身边坐下，她往我嘴上抹了一点儿凡士林，问我在学校里一切都还好吗？我摇摇头，她把我抱到腿上。我知道她其实累了，想一个人待着，喝她的甜奶。玛丽亚说星星很亮，亮到城镇大虾飞过来她都能看见，如果真来了，她就把它们赶跑。然后她从口袋里掏出一把"小粉"给我，让我回来后一定给她讲讲多丽教母新买的虎皮鹦鹉的事。听说那只鹦鹉叫"小比利"。我很喜欢玛丽亚说的"多丽教母"，这是固定说法吗？[1] 我决定到德班以后不说多丽，而说多丽教母。但我对自己这么说的时候，总觉得哪里不对。实际上我每次大声说出"多丽教母"，这几个词都会让我感到不舒服，仿佛走路穿的体操鞋里有三颗小石子。可是不知为什么，我也并不想把石子取出来。

那个星期快结束的时候，一个衣着光鲜、手上戴着大钻戒的空姐领着我走上登机舷梯，告诉我这趟去往德班的飞机一起飞，我就要赶紧吮吸大拇指。

---

[1] 作者之所以有这个疑问，是因为英语中一般不用 Godmother（教母）后面加人名这种称呼方法。

"钻石是女孩子最好的朋友,"那个空姐调皮地眨眨眼说,"等你嫁人的那天,你的未婚夫也会送你一颗。"她的眼睛闪着光,手上的钻石也在闪闪发光。"如果飞机出事我就吹口哨,好吗?"她跟我说。我一个人坐在那里吮吸大拇指,等着她吹口哨,可是她只顾着在过道上来来回回地走,给乘客们看她的订婚戒指。

稍后,她对我说:"看,那是马普特兰,你能看到湖泊和湿地吗?那是罗克泰尔湾,我男朋友就是在那儿向我求婚的,那儿有一片珊瑚礁。我们快到德班了。你一定要让你爸爸开车带你去野生动物保护区,看看狮子和大象,好吗?"

我点了点头。

"欸,你不会说话吗?"

我摇了摇头。

"舌头落在约翰内斯堡了?"

我点了点头。

"飞行员在叫我?在叫,是吧?但愿飞机的翅膀没掉!"

她风趣地眨眨眼,朝驾驶舱走去,飞行员正在那里抽雪茄。那天是他的生日,机组成员们正在为他唱一首橄榄球场上经常听到的歌:

　　她浑身上下一丝不挂
　　一丝不挂,一丝不挂,一丝不挂
　　她浑身上下一丝不挂

3

多丽教母像对待囚犯一样控制着小比利的生活。

小比利被关在笼子里,回不去鸟儿们的世界了。它在小梯子上玩耍的时候,身体在空中荡来荡去,它的翅膀也随之张开,但那跟飞翔不是一回事。

"关上窗,不然小比利会飞走。你可以把它放在手里,想试试吗?"

我点了点头。

"小比利都比你爱出声。"

我手捧着小比利,把鼻子埋进它柔软的羽毛里,脑海中响起唱给飞行员的那首歌:

> 它浑身上下没有一根羽毛
>
> 没有一根,没有一根,没有一根

它浑身上下没有一根羽毛

可怜的小比利,羽毛覆盖下的它是那么悲伤。器官小小,骨头细细。多丽教母叫我每个月都给它数一次脚趾。据说,如果虎皮鹦鹉的脚趾少了,那肯定是因为长了螨虫。我还得听它的呼吸,如果吸气时有"咔嗒"声,就说明它有气囊螨。关于虎皮鹦鹉,多丽教母无所不知。她告诉我,不要可怜一只在宠物商店里售卖的病鸟,这一点很重要。

"可怜救不了虎皮鹦鹉的命。它病了,不管你做什么,它都会因为呼吸系统出问题而死掉。"

我极力压抑着对小比利的同情,怕这同情会害死它,却怎么也难以自抑。我盯着鸟笼底部的锯末,告诉自己它很快乐,很健康,但终究还是骗不过自己。在我看来,小比利的生活中,庄稼颗粒无收,希望都被蚂蚁吃光,甚至它的父母也都被火车轧死了。

我都忘了教母是多么高大了。她拥抱我的时候,我几乎消失在她肚子上的褶皱里。我什么也看不见、听不清，能听到的只有她身体内管道里的滴水声，轰隆作响，像八公里外的海。那是印度洋，海里有很多鲨鱼。那段海滩叫"金海岸"，救生员们每天早上都要检查拦鲨网，如果当天游泳不安全，就会用扩音器通知大家。曾有一回，在他们捉住鲨鱼之前，我不得不跑上岸，在沙滩上等待。他们捕鲨的时候，我看到海滩上竖着很多标牌，上面写着：

德班城

此游泳区域专供

白种人使用

唯一获准进入海滩的黑人是那些卖冰激凌的小贩，他们光脚走在灼热的沙滩上，一边摇铃一边喊："爱斯基摩馅饼，巧克力脆皮冰激凌，爱斯基摩馅饼。"有时候白人男孩去冲浪，如果乘着冲浪板离开海岸太远，就可能被鲨鱼咬掉一条腿。第二天,教母就会给我看报纸上他们的照片。她说跟鲨鱼相比,她更害怕绦虫。家里那只姜黄色的猫吐在地毯上的时候,她惊恐万分,两只胳膊往上甩,同时大声尖叫,说呕吐物里可能有绦虫。那个被唤作卡罗琳的女仆负责清理秽物,夫人则在旁一边闭着眼睛尖叫,一边用柔软白皙的手使劲捂住嘴巴。这么说来,绦虫似乎能吞下鲨鱼。但恐惧的强弱与对象的大小不成比例,而且恐惧还雌雄同体。教母告诉我,绦虫长长的身体里既有雄性器官,也有雌性器官。"它们的卵巢和睾丸是长在一起的",也就是"雌雄同体"。更吓人的是,"那些喜欢吃生肉的人们都该知道,绦虫也想吃掉他们呢"。

德班这栋房子外有一块大大的标牌,用金属丝固定在大门上,上面写着:

武力回击

我问这是什么意思，无所不知的教母很高兴地解释道："如果有黑人闯进来打劫，我的丈夫，可敬的爱德华·查尔斯·威廉就可以朝他们开枪。不过别告诉你母亲。所以住在我们这里，你一点儿都不用怕！"到现在为止，我已经知道这里有鲨鱼、绦虫和枪。还有雌雄同体。还有兰花。"来看看我花园里的花。我的兰花开得虽小，但比大的还香。"

在亚热带的德班，在多丽教母的花园里，一个奇迹正等着我，让我不敢相信自己的眼睛，像海市蜃楼，又像卡通片。在纳塔尔[1]碧蓝的天空下，一个真人版的芭比娃娃正靠着一棵棕榈树，扑打着自己晒黑的两条长腿附近的苍蝇。阳光下，有什么东西在闪闪发光。是一个金色的字母"M"，缀在她脖子上的金链子上。我被她迷倒了。多丽教母不知是怎么做到的，竟然生出一个苗条的金发女孩，像洋娃娃一样漂亮。

---

1 纳塔尔，夸祖鲁-纳塔尔省的旧称。

"你好！我是梅丽莎。我去比勒陀利亚学完了一门速记课，刚刚回来。你不跟我打个招呼吗？这又不是在教堂，可以大声说话的。"

就在我自己的小芭比娃娃褪去光环，变成一个长着尼龙头发的普通玩具时，一个穿着浅蓝色超短裙的真人版芭比娃娃出现在了我眼前。

"来吧宝贝儿，到我卧室里坐坐，一起说说话。"

梅丽莎十七岁，梳着蜂窝头，用一把小刷子从瓶子里蘸一点儿黑色的睫毛膏，刷在睫毛上。

"喂，你怎么不说话？好吧，不说就不说吧。我跟你说啊，我正在准备文秘考试。我得学速记，所以如果你快点儿说话，我就可以练习记下你说的话。这叫皮特曼代码。"说着，梅丽莎拿出一支笔，在我手背上画出弯弯曲曲的几条线。"这是说：欢迎你来到德班，我的小朋友。"

让我感到荣幸的是，梅丽莎允许我坐在她床上，看她用一把塑料梳子梳头，直到满头的发丝都直立起来。

她的床底下特意放着一只水晶烟灰缸。床上铺着粉色的缎面羽绒被，被子边缘缀着的白色小绒球正不停晃动。我把头伸到小绒球下面，刚好能看到那只烟灰缸。梅丽莎背着大人偷偷吸烟，所以把烟灰缸放在床底下，以免烟头被母亲发现。最美妙的时刻是帮她喷发胶，我拿着一长罐金色的发胶往她高高的蜂窝头上喷去，她翘着上妆之后变硬的睫毛，半眯着眼往头上瞄。发胶散发出的化学雾气甜甜的，仿佛镇痛剂。我默默盯着梅丽莎化妆，心中充满崇敬。塑料人是最有趣的人——我第一次冒出这个想法，是看到芭比娃娃化了妆的蓝眼睛时。后来让我想到这一点的，是我每次问起坦蒂韦时，玛丽亚那上了妆的棕色眼睛。最后，在十几岁的梅丽莎的实验室里，我再次想到了塑料人。梅丽莎真的是在"化"出一个全新的自己。人们管口红、睫毛膏和眼影叫"化"妆品，这让我感到很兴奋。世界上各个地方都有"化"出来的人，而且大部分都是女人。

"嗨，小哑巴，我给你梳梳头发吧。坐到我腿上来，我给你弄个好看的。"

在梅丽莎的帮助下,我那单调、土气的马尾辫很快就变成了一堆盘在头顶的金色发辫,用发卡固定着,有种异域风情。梅丽莎说我看起来像电影明星,只需要在耳朵、脖子和手腕处再加点儿钻石和红宝石就成了。我的眼睛是绿色的,所以祖母绿最适合我。等以后有了女儿,我就把宝石传给她们,因为这些东西在我这里已经"完成使命"了。什么使命呢?

梅丽莎说我是一个"美人",如果我记得把手指甲洗干净,有一天就会有一个风度翩翩的男子拉起我的手,长久地亲吻,然后跪在我脚边,向我求婚,那一刻我正好能看到他的发缝。我希望长大后能像梅丽莎一样。我也要抽烟,也要用皮特曼代码在纸上肆意涂画,也要光着脚开车,开得飞快,把细高跟鞋扔在后座上,下车再穿。

"开车一定要光着脚,小朋友,感觉最美妙。"

但我首先得踮着脚从她那位只有一只眼睛的父亲身

旁走过，不让他发现。爱德华·查尔斯·威廉有一只玻璃眼，一只真眼。梅丽莎告诉我，他小时候打橄榄球，左眼被同伴戳坏了，所以现在两只眼睛不一样。那只玻璃眼里有紫色的火焰，我觉得那其实是在他眼窝里烧起的一团火。我给自己定下规矩：只看他的玻璃眼，决不看他的真眼。他用玻璃眼什么都看不见，而我正是不想让他看出我怕他。爱德华·查尔斯·威廉像国王一样端坐在桌子上首，他的妻子和独生女儿在旁落座。我在他的玻璃眼里看到了我们所有人的倒影，甚至还看到了那只叫罗里的灰狗，它正摇着尾巴，呼哧喘气。

"罗——里！坐！坐下！"

"爸，哎呀，爸，你把我新来的小朋友吓坏了！别理他，小哑巴，他就是一只猫咪。"梅丽莎一边说，一边伸出手指朝父亲晃了晃。她涂了粉色的指甲油，上面还沾了亮晶晶的小颗粒。她调皮地眨了眨眼，帮父亲倒了一杯苏格兰威士忌，叫我去厨房给他拿冰块来。

冰块在我手里迅速融化，我在厨房里盯着窗外，想起和父亲一起堆雪人的情景。我很快就要八岁了,父亲还没有回家。待我回到桌旁时,冰块在我热乎乎的手中已经变得很小。爱德华·查尔斯·威廉看着我手上仍在滴水的小冰块,满脸怒气,梅丽莎赶紧帮我解围。

"爸,唉,爸,怎么这么难找到三秒钟内不化的冰块呢?这是什么原理啊,爸?"

如果我有事问自己的父亲,就只能在想象中问了。梅丽莎如果问:"可以带我去钓鱼吗?"她父亲肯定会说:"可以。"我问父亲是不是也可以带我去钓鱼,那个幽灵般的声音总是回答说:"钓鱼很危险,鱼钩可能会扎进你的手指!"或者我说:"爸爸,今天我爬到了树顶。"他会说:"爬树很危险,不要爬到顶,爬一半就行了,而且千万不要往下看!"

我猜爱德华·查尔斯·威廉是不想让我和他们一起住在德班的,但多丽教母说,我需要有一个"稳定的家",这是她"最起码要做的",因为我那"最最可怜"的母亲曾和她一同上寄宿学校,她们半夜用床单蒙着头，打着手电看书，两个人轮流放哨。

我开始留意听爱德华·查尔斯·威廉是怎么讲英语的，尽管大家说的是同一种语言。他想要袜子的时候，就会喊一个仆人去拿。晚上洗澡的时候想要毛巾，就会再喊。他不说"袜子"或"毛巾"，而只是大喊出那个仆人的名字，好像那个名字的意思就是"给我拿袜子来"或"给我拿毛巾来"。

他需要擦鞋的时候，照料花园的那个人就帮他擦。尽管那个人已经有四个孩子、九个孙辈，头发也白了，爱德华·查尔斯·威廉却还是喊他"小伙子"[1]。那个人叫约瑟夫，他称爱德华·查尔斯·威廉为"主人"。爱德华·查尔斯·威廉对约瑟夫说的是英语，但语调却像另一种语言。首先（其实我从来都不知道首先该从哪里说起），从他的语调中能听出来，他心里其实极为得意，所以需要佯装出不那么高兴的样子。想到这里，我不禁

---

1 有轻侮意。

笑出声来，而且越笑越开心。与我最近认识到的"开心也不总是好事，但我却对此无能为力"相比，这似乎有点儿矛盾。

一个星期天，约瑟夫分给我半只馅饼，蘸肉汁吃的那种。我们找了一处阴凉地方，坐在草坪上吃起来，因为"夫人和主人"在星期天总是开车外出。我第一次注意到，约瑟夫的左手少了两根手指。我问他怎么回事，他说被门夹掉了。他教我用祖鲁语数数，1是"尤坤耶"，2是"伊西比里"，或类似那种抑扬顿挫的音节。想到南非哪个地方有扇门还夹着约瑟夫的两根手指，我就感到痛苦万分。后来，我跟他说我父亲是政治犯，他告诉我，他的手指是被一条德国牧羊犬咬掉的。那是在约翰内斯堡，警察带着狗突然闯进了他弟弟家，他们在搜捕纳尔逊·曼德拉。我说我父母认识温妮·曼德拉和纳尔逊·曼德拉（他被终生监禁在罗本岛），他嘱咐我千万别把这件事告诉夫人和主人，甚至小比利在旁边都不能说。他一边用大拇指和剩下的两根手指拿着饼，蘸着肉汁吃下去，一边说，还有，真不知道夫人养那只鸟干什么，又不下蛋。在祖鲁语中，"蛋"叫"阿麻匡达"。要是那蓝鸟儿能下出个蓝色的蛋，倒可以吃吃看。

每天晚上，小比利的笼子外面都会盖上一块灰色的毯子。我知道，父亲也盖着一块灰色的毯子睡觉，他在写给母亲的信里提到过。

"过来，我的小朋友。你总是这么盯着妈妈的虎皮鹦鹉，快要把我给吓死了。"梅丽莎使劲抱住我的腰，把我抱起来。

"现在跟我说：'我能大声说话。'"

"我能大声说话。"

"再大声点儿。"

"我能大声说话。"

"还是不够大。你不大叫一声，我就不把你放下来。"

我试着轻轻地叫了一声，这叫声听起来挺像回事，她就把我放下了。

"听着哦,你笑的时候,我知道不是真心的。现在对我笑一下,露齿大笑。啊可真好。我们开着宇宙飞船进城吧。"

梅丽莎说的"宇宙飞船"是多丽教母的新车。教母越来越胖,已经挤不进之前那台车了。晚上,我有时会看到她在厨房,正抓起碎肉和土豆,一把一把往她胖乎乎的小嘴里塞。"宇宙飞船"是银灰色的,车身锃亮,淡黄色的皮座椅一尘不染。要是这辆新车爆了胎,出了车祸,又没有人抱得动多丽教母,好送她去医院,那可怎么是好?

"你妈怎么那么胖?"

梅丽莎冲过来,使劲踩了一下我的脚趾头,又在肩膀上狠狠给了我一拳。

"别那么没礼貌,小哑巴。妈妈被囚禁在她自己的身体里,出不来了。"

"为什么?"

"她已经死了,但是又还魂了。"

"不要!"

"你知道耶稣也还魂了是不?他死了,又复活了。"

梅丽莎拿着车钥匙在我眼前晃了晃。

"跟我道歉,我给你买兔子饭吃。"

"兔子饭是什么?"

"一种好好吃的东西。不过我带你去的这个地方,你可谁都不能告诉,尤其是我爸。好不?"

"好。"

"这个词说得好,够响亮。女孩子必须大声说话,反正都没人听。"

如果说梅丽莎有自己的秘密生活,我想塑料人也差不多。塑料人有事不可告人,梅丽莎的秘密则是她知道市区吃饭的地方,她的印度男朋友就住在那儿。那是一家小餐馆,外面的小街上遍地垃圾,苍蝇翻飞。阴沟里有一堆不知堆了多久的肉骨头,上面还叠着一堆土豆皮和烂了的胡萝卜。我们走进小餐馆,一个在收银处看报的印度人抬起头,大声喊道:"嗨,丽莎!又到吃兔子的时间了?"他嘴里嚼着什么,牙齿都染成了橙色。在那个人喊"嗨,丽莎!"的时候,他的家人们一个个都抬起头,但很快又低下去。他们正狼吞虎咽地吃咖喱饭,用手抓着吃。我猜他们低头是因为我们是白人,不该出现在那里。

"谢谢你,维克多。给我的小朋友也来一份兔子饭。她是从约翰内斯堡来的。"

梅丽莎带着我来到一张桌子旁,说:"坐。"她这么说让我很生气,好像我是一只不听话的小狗。她的语调听着有些像她的父亲,我确定。梅丽莎说话染上了"主人"的语调,她需要吃一片阿司匹林,让那种语调随着汗液流出来。这时我忽然开始打喷嚏,维克多拿来一罐芬达汽水,帮我打开。

"你是从约翰内斯堡来的?"

"嗯。"

"今天阿贾伊在吗?"梅丽莎打断我们的谈话,这次用的是另一种语调。

维克多朝一个人指了指,他的手指上也有橙色的污渍。一个年轻的印度人刚刚走进餐馆,穿着一身亮闪闪的灰色套装和一双蛇皮鞋。看到梅丽莎,他笑了。

"我给你们拿兔子饭。"维克多走过铺着锯末的地板,中途把一只空烟盒踢到了一张桌子下。

兔子饭,原来就是把半条白面包的瓤掏空,再把咖喱肉舀到面包皮里。我用一只汤匙吃着兔子饭,看梅丽莎跟维克多的儿子调情。阿贾伊一边耸肩,一边说着"下周二"的什么事。梅丽莎则翻起她那浓妆艳抹的眼睛,看着天花板。阿贾伊帮她点上烟,自己也点上一支,两人一起朝空中吐起了烟圈。他们吐出的烟圈是这个世界上最美的东西。有时候两个烟圈越飘越近,眼看就要碰到一起,却先消散掉了。空气中弥漫着米饭和香料的气味。烟圈,米饭,香料,穿着蛇皮鞋的阿贾伊和涂着乌黑睫毛膏的梅丽莎相隔一段坐在一起,梅丽莎的小拇指轻轻地碰着阿贾伊衬衣的袖口——在我看来,这似乎就是美好的生活。

过了一会儿,维克多回到我们桌旁坐下,谈起了政治,这下气氛彻底毁了。梅丽莎告诉他,我父亲因为反对种族隔离进监狱了。维克多说,他祖父那一辈就从印度来到了南非,在纳塔尔的甘蔗园里干活儿;他说我每次往葡萄柚上撒一茶匙糖,把牙齿吃坏一点儿的时候,都要记得,南非的"白金"是他爷爷种出来的;他还要我务必转告我爸爸,他的"饭店"里永远都为他留着一份兔子饭。我点点头,装出听他说话的样子,但实际上我在看梅丽莎,她和阿贾伊在桌子底下偷偷牵起了手。如果说这是爱,那也是禁忌之爱。连我都知道。小餐馆里的每一个人也都知道。连葡萄柚和拉手都能跟政治扯上关系,这让我受够了政治,只盼望着有一天我也能吸烟,能在飘着米饭香气的屋子里一边吐着烟圈,一边把小拇指伸进一个帅气男子的衬衣袖口,来回摩挲。

我们来到停车场,梅丽莎脱下凉鞋,让我帮她拿着,她自己在忙着找车钥匙。梅丽莎开车从来不穿鞋,这是她的"特长"。她光脚踩下油门,嘴里唱着香格里拉乐队的"金曲",那时她的男朋友们总是把她的鞋紧紧抱在胸前。

"哎呀,天哪——我可能把钥匙落在维克多的兔子餐馆了!"在梅丽莎拼命翻包找钥匙的时候,停在"宇宙飞船"旁的那辆车吸引了我的注意。一个年龄跟我相仿的女孩坐在车子后排,腿上放着个什么东西,她的手环抱在上面。她嘴唇在动,好像在跟谁说话,但车里又没有人。

"看,她在自言自语。"

梅丽莎光着脚走过油乎乎的混凝土路面,往宾利车里看去。

"你知道吗?"

"什么?"

"她在跟一只兔子说话!"

"兔子饭?"

"不,是真兔子。"

她说的没错,那个女孩腿上有一只白色的兔子。我刚好能看到兔子竖起来的耳朵正蹭着女孩的下巴。这时,一男一女朝车这边走来,男人手里拿着一串钥匙,不时轻轻甩打在胯部。他一打开车门,那个女孩的嘴唇就不动了。那个女人看到我们,笑了笑,但并不是真心想笑。

"我们刚刚带她的兔子去看兽医了,它有一只眼睛黏糊糊的。"

那个男人把妻子刚说过的话又重复了两遍:"它有一只眼睛黏糊糊的!一只眼睛黏糊糊的。"他说话声调高昂,跟妻子一样。

看到妻子脸红了,他又说了一遍。

他说这句一点儿都不像她。我很好奇,他以为自己在模仿谁?他的高音既不像我母亲或玛丽亚,也不像我或梅丽莎,甚至不像他有意模仿的那个女人。事情就是这样:他只像他自己。

"在这儿啊!"梅丽莎的车钥匙不知怎么滑进了她

的皮特曼代码书里,那本书她走到哪儿都随身带着。

"希望你的小兔子现在好多了。"梅丽莎朝车里的女孩喊道。她光着脚踩下油门,小心翼翼地把"宇宙飞船"开出停车场。

"你觉得她在跟兔子说什么?"

"哦。哎,那是她的秘密。"

"为什么是秘密?"

梅丽莎耸了耸肩,向右拐上一座混凝土立交桥,她上了妆的双眼紧紧盯着路面。这时,外面开始打雷。

赤裸着身体的非洲孩子伸出手,掌心朝上,在红绿灯旁乞讨。

"她跟她的兔子在说什么秘密?"

温暖的雨水噼里啪啦地打在车窗上。

"她说:'爸爸妈妈之间为什么没有爱?'"

4

我知道,微笑就像有些女孩手链上的小挂件,比如银质小精灵或心形,在她们晒黑了的手腕上晃动着,用魔力为她们祈福辟邪。微笑可以阻止别人进入你的头脑,尽管只要一张嘴就等于又打开了一个入口。多丽教母说要送我去当地的女修道院学校时,我脸上挂着的就是这样的微笑。她一边跟我说话,一边拿着一把小剪刀,准备帮小比利修剪翅膀上的羽毛。

"它的羽毛应该更饱满一些,更有光泽一些。"她伸出胖胖的手指,戳了戳小比利的胸脯。"龙骨这里有点儿凸出来了。我觉得小比利太瘦了,今晚就给它多吃点儿种子。"

"女修道院学校是什么?"

"就是学校里的老师都是修女。"

"修女是什么?"

"修女就是嫁给耶稣基督的女人。"

"哦。来德班的飞机上,那个空姐要嫁人了,她给我看了她的戒指。"

"但她嫁的不是耶稣基督,可能是一个叫亨克·范德普莱斯什么的小伙子。那是非常非常不一样的。"

她脸色惨白,像僵尸。

"健康的虎皮鹦鹉应该机警顽皮,今天小比利可没有平时活泼。"

多丽教母帮小比利修剪完羽毛,又把它放回笼子里,锁起来。我注意看她是怎么扭动那个小横杆关上笼子的,好学会之后把小比利放走。

"那家修道院叫圣安妮修道院,修女们都是很好的老师。请把那只生了绦虫的猫抱走,不要让它靠近小比利。"

我抱起猫,在它姜黄色的毛里暖手,我知道它没有绦虫。可能多丽教母身体里有绦虫?因为她总觉得饿,肯定有什么东西在消耗她的营养。这只猫已经习惯在我的卧室里睡觉了。梅丽莎威胁它,说要是它不回她的粉色缎面羽绒被里睡觉,就割掉它的耳朵。但是很显然,它已经决定面对威胁也不回了。姜姜猫是我的。梅丽莎在女修道院上学时很讨厌那个地方。现在她学习文秘课程,喝加冰的柠檬苏打水,在"三只猴子"或温皮汉堡餐馆和从彼得马里茨堡来的女朋友约会,早已不做祷告。

"你不想让修道院学校的女孩把你当成怪物对不对?"

"嗯。"

"那你就必须大声说话。哎,跟你说一件事:整个学校只有你一个人是犹太人的姓。你要是在回廊上迷路了,跟着自己的鼻子就能找到路。"梅丽莎笑花了妆,我也跟着笑起来,因为我是她的小朋友。

圣安妮修道院是一所守旧的学校,招收的学生都是家境富裕、信仰天主教的白人女孩。两侧的回廊中间,立着一尊小小的圣母圣子雕像。圣母马利亚低着头,悲伤地怀抱着婴儿。在德班的大街上，非洲母亲大都把婴儿绑在背上，但如果是帮白人照看孩子，就会用婴儿车。不知道圣母马利亚有没有仆人帮她抱孩子？我又想到，自己的母亲此刻是不是在牵挂我？希望如此。也许，我是一个神圣的孤儿，上帝特意把我送到这里，让修女们来照顾我？我靠着一根石柱子，凝视着一尊耶稣基督的石膏雕像，发现他手上有伤痕。这又让我想起了约翰内斯堡学校里的皮特，他额头上那块圣徒般的伤痕褪掉颜色了吗？

修女们似乎都尽己所能帮我学习读写。在教室里，她们每天都跪在我旁边，用柔软白皙的手拿着橡皮泥，轻轻地捏出字母的形状。她们让我说出这是哪个字母时，我总是低下头，仿佛自己真是个神圣的孤儿，小声说道："A，B，C。"这时她们总是带着鼓励的神情，冲我点点头。如果告诉她们两年前我就学会了读写，我认为可能会显得不礼貌。其实我不用橡皮泥字母的帮助就可以看懂"金海岸"上所有的标牌。

此游泳区域专供

白种人使用

那个叫琼的修女告诉我,她的念珠是十个一组串起来的,十个念珠等于一个年代,一个年代包含十年。如果父亲十年都不回来,那怎么办?如果我在白种人专用游泳区游了好几个十年,却一直见不到父亲,那怎么办?跟不正常的白种人在一起,我会很孤独。生活在他们中间,我会感到无可依凭,任人摆布,就像在亚热带海洋里,冲浪的人正面对冲破防护刺网的大白鲨一样。

年纪最大的那位修女递给我一个 M。

"就是'梅丽莎'(Melissa)里的 M。"我顺从地小声说道。

"嗯。梅丽莎现在在做什么?"这会儿琼捏出了一个 N。我知道 M 后面是 N,四岁时可能就知道了。

"她在文秘学校上学。"

"她在学校里怎么样?"

"在学皮特曼代码。"

我没告诉琼,梅丽莎(这个词里有两个S,但我们刚说到N)刚刚受到禁驾一个月的惩罚,因为她偷偷开走"宇宙飞船",载着阿贾伊去见他叔叔了。昨天夜里1点15分,爱德华·查尔斯·威廉发现车不在,就让多丽教母把我叫醒。多丽教母把我拽到起居室,爱德华·查尔斯·威廉把头凑近我的脸,几乎要把我的鼻子压扁。

"你知道肥脸去哪儿了吗?"

我摇了摇头,盯着他那只玻璃眼。

"她是在跟一个男孩约会?"

"没有。"

"一个印度人?"

"不是。"

"我的女儿竟然跟卡菲尔人[1]好上了,真该死!你来

---

1 对非洲黑人的一种蔑称。

这儿可算来对地方了,是吧?"

"放开她,"多丽教母几近乞求地尖叫道,"不要再逼她了。我可怎么向她可怜的母亲交代?"姜姜猫一直卧在沙发上睡觉,软软的爪子叠放在一起。

爱德华·查尔斯·威廉用一只手捂住他那只玻璃眼。我吓坏了,怕那只眼是要掉出来了。这时,一句话出现在我脑子里,很像海滩上的标牌:

此玻璃眼专供

白种人使用

爱德华·查尔斯·威廉告诉我,他要叫警察去找梅丽莎。警察?就是带走我父亲的那些人?"宇宙飞船"猛地拐上家里的车道时,警车正好也同时赶到。梅丽莎按了一下喇叭,摇下车窗,朝警察挥挥手,就像她是在度假。

"嗨,伙计们!我没偷我妈的'宇宙飞船',真的。

我是被人劫持了。"警察笑了,但他们走后,梅丽莎却气疯了。她说她父亲是"该死的纳粹",跟我说现在如果不能开车出去,她就很难找到和阿贾伊见面的地方。她说南非是狗屎,姜姜猫是狗屎,罗里是狗屎,而我是个不出声的怪胎。

"你还想变成玩具娃娃吗,就像你那讨厌的小芭比一样?"

"想。"

"你怎么能既当娃娃,又当圣人?你知道有个叫露西的圣人,她把自己的两只眼睛都挖出来了吗?但她仍然能看见,因为只要活着,你就无法停止看见。如果再也不能看见阿贾伊了,我宁愿死。"

现在,琼正笑吟吟地看着伊丽莎白。伊丽莎白没有注意到琼的目光,她正忙着用橡皮泥捏字母"O"呢。我虔诚地点点头,学琼那样微微地笑,仿佛依她之见,尽情笑出来是不妥的。伊丽莎白把"O"递给我,我想起了梅丽莎和阿贾伊的爱的烟圈,但我还是大声说:

"O是橙子（orange）里的O。'上帝'（God）和'母亲'（mother）这两个词里也有O。"

"嗯，很好。你在教母[1]家住得开心吗？"

开心？我盯着自己脚上难看的黑鞋，在学校里必须穿这种鞋。开心？这个词（happy）里有两个"P"。我已经看到伊丽莎白在捏"P"了。也许玩橡皮泥让修女们很开心？也许她们应该整天去捏橡皮泥，而我应该去读书？她们知道我实际上会读书，而且能从头读到尾吗？她们像梅丽莎那样以为我什么都不懂吗？我开心吗？我应该开心才好吗？

过了一会儿，琼用她神圣的手握住我的手，问我信不信上帝。

在我的想象中，上帝的形象跟我和父亲一起堆的雪人联系在了一起。雪人就是上帝。他是冰冷的，没有生命的，但我对他却一直念念不忘。我打开书包，拿出一

---

[1] "教母"（godmother）即由上文提到的两个词组合而成。

封父亲寄到德班来的信给琼看,算是对她的回答。我忽然想,应该在她面前大声念出这封信,这样我们就不用再玩橡皮泥字母了。

宝贝:

听说修女们待你很好,我很高兴。一定要大声说出你的想法,不要只在脑袋里想想。

吻你一万遍。

最最爱你的爸爸

琼捏了捏我的手。

"你父亲让你大声说出你的想法,就是叫你大声说话。"

"大声跟上帝说话?"

我在等她说"对",她却什么也没说。那是我第一次懂得,什么叫"言外之意"。

5

父亲叫我大声说出我的想法,不要只在脑袋里想想,我却决定把它们写下来。现在是早上五点钟,我听到罗里正对着池塘里的芦苇蛙汪汪吠叫。我找到一支圆珠笔,试着把自己的思绪写出来。从笔尖流到纸上的,几乎是我不想知道的一切。

爸爸不见了。
坦蒂韦在浴缸里哭。
皮特的头上有一个洞。
约瑟夫的手指被狗咬掉了。
辛克莱先生打我的腿。
西瓜长大了,我却不在家。
玛丽亚和妈妈在很远的地方。

琼可能不信上帝。

小比利被关在笼子里。

小比利最叫我牵挂。我放下圆珠笔,打开卧室门。我得小声点儿,不然爱德华·查尔斯·威廉会把我当成入室抢劫的贼,像外面的标牌上写的那样:

武力回击。

如果我照自己所写文字的"言外之意"行事,也就是放走小比利,那么爱德华·查尔斯·威廉可能也会按"武力回击"的"言外之意"招呼我。人们说的话只是唬人的,还是当真的?棍棒和石头真的比语言更危险吗?仅仅把想法写在纸上有什么用呢?在纸上写下"再买些'小粉'"又不真买,因为写下来就抵消了买的欲望,这有什么意义呢?

我悄悄溜进餐厅,擦得锃亮的桌子上放着四只碗、四把银勺、四个杯子、一个空的面包架,还有四只瓷盘。金发姑娘如果看到大门上有"武力回击"的标牌,还会闯进熊的小屋吗?[1]

我从餐桌旁跑过,推开通往起居室的门,小比利的笼子就在那里。我先打开朝向花园的窗户,然后把盖在鸟笼上的灰毯子掀起来。小比利睁开它小小的棕色眼睛,我父亲的眼睛也是这个颜色。我数了数它的脚趾,没错,八个都在,所以它没有螨虫。接下来听了听它的呼吸,确定没有"咔嗒"声。最后仔细看了看它的嘴,确定嘴上的小洞没堵塞。我扭动小门闩,打开笼子门。

小比利的翅膀抬起,又落下,紧紧贴在小小的身体两侧。它抬起一只脚,在半空中停顿了一下,又放回到栖木上。外面到处都是鸟儿的歌声,仿佛整个纳塔尔的鸟儿们都在迎着第一缕曙光歌唱,鼓励这只蓝色的小鸟挣脱禁锢,加入它们的行列。

---

[1] 《金发姑娘和三只小熊》是英语世界广为流传的一个童话故事。

假如我把童年的全部担忧都压在了小比利身上，那么它小小的身躯真的难以承受，这个负担太重了。我给了它灵魂，它却好像并不在意。我为它做出种种设想，小声告诉它我所有秘密的愿望。我给了它全新的生活，它却不想要。它本该是一只鸟，一个飞行的机器，但相比自由，它似乎更喜欢笼子。所有的设想都化为泡影，一时间我全然不知所措。它辜负了我的心意，想在笼子里度过余生，我唯有无奈地走开。

忽然间，我听到翅膀拍动的声音。银杯子从壁炉台上掉了下来，接着我看到一个小蓝点，一个蓝色的圆圈……花园里飘来豌豆甜甜的气味，正当姜姜猫高翘着尾巴，轻轻走进起居室的时候，小比利从窗户里飞了出去。

和新的家人一起坐在桌旁吃早餐的时候，我装作一切正常。我已经这样装了好几年，所以脸上的表情没有丝毫不自然。爱德华·查尔斯·威廉嘎吱嘎吱地嚼着涂了英国橘子酱的烤面包片，多丽教母在倒茶，茶壶都没有她的乳房大。今天梅丽莎要去参加文秘考试，她特意把蜂窝头梳高了三英寸，希望这样能给自己带来好运。她一边复习皮特曼代码课本，一边小口喝着奶油苏打水，说喝了精力会更充沛。此刻，小比利可能正沐浴着晨光，在高高的树上睡觉呢。

它自由了。小比利得到自由了。

在给鞋子系扣的时候，我才听到多丽教母的尖叫声。扣第三个扣眼比平常多花了些时间，因为试了好几次我才发现，可能扣在第二个扣眼上更合适，于是全部解开重新扣。我朝多丽教母走过去的时候，她两只小手举得高高的，嘴里一遍一遍叫着"小比利"。有些情况她想要搞清楚：鸟笼门怎么会大开着？虎皮鹦鹉怎么可能自己打开笼子门？这时梅丽莎已经迟到了，她一边跑着给母亲拿纸巾，一边忙着穿她那件白色的羊毛开衫。

"别骂她。"

"可我小小的虎皮鹦鹉活不成了。它可能已经死了。"

"你得理解她,妈妈。"梅丽莎在找她的便笺本,所有速记下来的笔记都写在那上面。

"理解什么?"

"她觉得这只鹦鹉是她爸爸。"

"小比利就是一只鹦鹉,怎么可能是别的什么?"

很久以前,人类就用有颜色的矿物在洞穴墙壁上画出各种动物。如果说从那时起人们就在试图解决这个问题,那梅丽莎的母亲到现在都没想明白。梅丽莎看到我正在起居室门外听她们说话,立刻冲过来,抓住我的校服领带往上拽,那张浓妆艳抹的脸逼视着我。

"他妈的!你为什么放走妈妈的鹦鹉?"

我还没来得及回答,她就跑了出去。我听到"宇宙飞船"的发动机在加速旋转,轮胎摩擦车道,发出刺耳的声响。很明显,因为梅丽莎要考试,爱德华·查尔斯·威廉又允许她开"宇宙飞船"了。过了一会儿,我来到花园里。约瑟夫在他的棚屋里咳嗽。他每天都在那里吃早饭,吃一种叫"干饭"的稠稠的粥,女仆卡罗琳(她还有另一个名字,叫恩科西芬迪尔)帮他做的,盛在一只锡碗里。我还是没扣好鞋子。鞋一直在掉,我弯下腰再试。把那银色的小东西穿过扣眼实在太难了。过了一会儿,约瑟夫打开棚屋门,叫我进去。鞋还在掉,我只好拖着脚走路。棚屋里散发着煤油味,还有一股霉味。约瑟夫的睡铺是地板上的一张床垫。两块绿色的毯子整整齐齐叠起来,放在一把椅子上。他的夹克挂在墙角的一个挂钩上。

"夫人告诉我,你把她的虎皮鹦鹉弄丢了。"

夫人就是多丽教母,主人就是爱德华·查尔斯·威廉。有时候约瑟夫也叫他"巴斯"(Baas)[1]。主人、"巴斯"和夫人是白种人,跟因国[2]的国王和王后一样,早餐吃腌熏鲱鱼和橘子酱。

"看。"约瑟夫指着一只木箱说。他把那只箱子口朝

---

[1] 南非人用语,意为"主人;老板;先生"。

[2] 见第46页注1。

下倒扣在地上，当桌子用。箱子上放着他的锡碗，小比利正在碗沿旁跳上跳下，啄碗里的粥吃。

"我看见它在屋顶上，就收留了它，"说着，约瑟夫哈哈大笑，"可它还没下出蓝色的蛋，所以我们吃不到了。一会儿我拿碗盖罩住它，你把它带回去交给夫人。"

我把小比利带回房子里，夫人正躺在沙发上看一本叫《爱是一声低语》的书。那个假装是卡罗琳，好方便夫人叫出她名字的女仆端来一个托盘，上面放着一壶茶，还有一只小茶碟，里面放着两块抹了草莓酱的饼干。夫人伸出胖乎乎的手指，抓起一块饼干。我听到她咬了一口，然后用瓷牙嘎吱嘎吱地嚼起来。就在那时，小比利叫了一声。夫人坐起来，激动地大叫。她小小的嘴上沾满果酱，我甚至能看到她舌头上的饼干屑。她把小比利放回笼子里，啪的一声关上笼子门，然后向电话机走去，经过我面前时一言不发。我听到她用女王般的声音朝里面大声说话，叫他们帮她接通南非航空公司的电话。

那天下午,我坐在回廊下的一条长凳上,看着修女们打女孩们的手。那些女孩犯了各种各样的罪,正在接受惩罚。那个时候我知道,我的生活要发生变化了。我尽量仔细地看着眼前这一幕幕罪与罚的戏码,因为不管发生的变化是什么,我都不可能继续留在这里了。一个有罪的女孩手掌向上,朝着天国,一个修女拿起米尺,朝她的手掌打下去,打了两下,不,三下。琼正忙着惩罚一个叫拉弗内的女孩,她罪孽深重,这时,我看到多丽教母沿着回廊摇摇摆摆地向这边走来。昨天,拉弗内给我看她脖子上的一块红印子,那是她男朋友给她留下的吻痕。是的,他真的因为爱而咬了她。琼一边跟教母说话,一边朝我招手。现在,我放走小比利的事她都知道了,她要打我的手好为它涤清罪孽了。

"你过来。"

让我吃惊的是,琼并没有惩罚我,而是弯下腰,帮我扣好鞋子。她在教我法语,那是到那时为止我生命中发生的最了不起的事。她给我细细讲过冉·达克的异象,也教过我"鞋子"这个单词。现在她问我"鞋子"的法语怎么说,我说"Une chaussure"。她站起身,把洁净的手掌放在我额头上,手凉凉的。

"你教母说你想家了,要送你回母亲身边。今天是你在学校的最后一天。"

我的眼泪滴在琼神圣的面纱上,我想到她剃掉头发的场景,她称头发为"无知的杂草"。她叫我大声说出自己的想法,我却把它们写了下来。有时候,我会把自己写的东西拿给她看,她总会找个时间读完。她说,我应该告诉她我会读写,为什么不告诉她呢?我说不知道。她说,我不该害怕像读书写字这样有"超越性"的事情。她说得没错,我确实有些畏惧写作的力量。"超越"意味着"超过",如果我可以用写作"超过"什么,不管那是什么,我就一定能逃去一个更好的地方。我对琼怀着深深的眷恋。她对我说,信仰也并非坚如磐石。上帝有些日子在,隔日可能就不在了。如果这是真的,我打心底里为她失去上帝的那些日子感到难过。我努力在脑子里搜索"再见"的法语怎么说,后来想起来了,是"Au revoir Sœur Jeanne[1]"。这时我忽然意识到,琼和圣女贞德[2]同名。不知为何,我哭得更厉害了。教母一脸茫然地看着眼前这一幕,不明所以。她啪嗒一声打开手提包,拿出一张小纸片。

"梅丽莎让我把这个给你。"

是一张用皮特曼代码草草写下的便条。

"再见了我的疯子小朋友。"

---

1 "Jeanne"就是英语中的"Joan",即女名"琼"。这里"Sœur Jeanne"即"修女琼"(Sister Joan)。

2 "圣女贞德"(Joan of Arc)为约定俗成的译名,当译自法语(Jeanne d'Arc),所以从中译文中看不出来修女琼与圣女贞德同名。

6

还有两天！爸爸就要回家了！

我九岁了，萨姆五岁，萨姆上次见到父亲时只有一岁。早餐我们吃的是撒了肉桂和糖的烤面包片。我们一边吃，一边大声练习要跟父亲说的话，准备等他一进门就跟他说。

"你好，你想让我带你去浴室吗？"

"你好！我给你画了一艘火箭。"

"你好！我的脚已经长到三码了。"

母亲出门给父亲买回家后穿的衣服。回来后，她小心翼翼地把衣服放在地板上，叫我们过去看一看。我激动到胸口发紧。基里姆地毯上放着一条男式长裤、一双漂亮的新鞋、一双袜子、两件衬衫，还有三条颜色鲜艳的领带。我和萨姆轻轻抚摸衬衣的棉布，用大拇指使劲按压皮鞋的鞋头，调整了一下袜子的位置。是的，这就是父亲要穿的衣服。我们讨论了很久，父亲回家后第一顿午餐应该吃什么，母亲说我们不能太害羞，跟平时一样就行。我们郑重地点点头，到一旁去练习怎么跟平时一样了。

萨姆去公园玩，捡了几颗别人碾灭在草地上的半截烟或烟头，装在口袋里带回家，放到一只小玻璃瓶里。萨姆深信，人人的爸爸都喜欢半截烟。玛丽亚穿上她最好的裙子，她回家见自己孩子时才穿的那一件。穿鞋前，她坐下来，叫我帮她往她干裂的脚后跟上抹凡士林。

"你知道他们在野鸭湖里发现了什么吗？"

"什么？"

"一个人头。这只腿上也抹点儿。"

"小孩的？"

"不是，一个男人的。"

"是爸爸吗？"

"不是,你父亲在回家的路上呢。"

我知道,父亲很快就会和母亲坐着车从比勒陀利亚中央监狱回家了,但我不知道他现在变成了什么样子。为了能认出他,我把一张黑白照片放在腿边。平时母亲把那张照片放在昏暗门厅里的电话机旁。在将近五年的时间里,那张照片就代表着父亲,那个在书信和留言中说爱我的父亲。他用圆珠笔在监狱的信纸上写下一个又一个"亲吻"和"拥抱"。我和萨姆爬到大门两侧的石柱上,那张照片就贴在我腿边,可我还是不放心,不时扫一眼。门柱有一米八高,正对着马路。每当有汽车经过门前,我们都会使劲挥手。我们用一块崭新的力士香皂把手搓得干干净净。

不知为何,我觉得父亲会坐白色的车回来,就是把他带走的那一辆。所以每次有白色的车开过来,我的心就怦怦直跳。我穿着一条裙子,胸前缝着几朵白色的雏菊。我甚至怕父亲不回来了,有了这个想法,一切都变得缓慢下来。云在天空中缓缓飘过,人在人行道上慢吞吞走，连狗的吠声都慢了下来。

　　一辆红色的小车在高尔夫球场那里突然左转，拐了进去。等待时，我的脚趾在闪亮的漆皮鞋里紧紧蜷着。车门开了，一个男人跳下车，朝我们跑来。他甚至都没有等车停稳。我们知道那是谁，我都不用去看腿上的照片。我们用了一会儿才从那高高的门柱上下来。爸爸在等我们，可是我们下不来。我们手脚并用，想滑下来，爸爸抓住我们的腿，把我们抱进怀里。他身上穿的正是我们在客厅里一起欣赏过的那件衬衫。

　　爸爸使劲抱了我们一下，我们一句话都没说出来。他又抱了一下，才把我们放下。人行道上的裂缝里长出了苔藓，我们走进大门，来到厨房。玛丽亚看到爸爸，给了他一个拥抱，我听到爸爸说"坦蒂韦"了。妈妈倒了三杯葡萄酒，一杯给爸爸，一杯给玛丽亚，一杯给她自己。他们举起酒杯，我们都看着爸爸。他抿了一小口，停了一下，然后把酒杯放下。

　　"我五年没见过酒杯了。"

爸爸很瘦,脸色苍白。他在桌边坐下来,继续小口喝酒。他拿起一只盘子,一根手指在上面轻轻滑动。"我都忘了瓷器摸起来是什么感觉了,看来得重新学着使用杯子,还有叉子。"

爸爸把白色的瓷盘拿在手里,仔仔细细看了五分钟才放下,然后站起来。

"花园在哪儿?"他抬起头侧向一边,笑着问我,"我想去看看雪人。"

花园里没有雪人。桌子上铺着新的白色亚麻桌布,萨姆用桌布边沿裹住自己细细的手腕,眼睛盯着地板。妈妈在窗边用一个信封的背面扑打苍蝇。

"带你父亲去花园吧。"玛丽亚朝我挥手示意。

爸爸站在花园里。他脸色苍白,像脏乎乎的雪,胳膊僵直地垂在身体两侧,只有眼睛在动。爸爸回来了,此刻站在花园里,那么安静、沉默,好像心里受了某种伤害,深深的伤害。

"爸爸,你不在家的时候,咱们的猫死了。"

他用凉凉的手指捏了捏我的手。

"又听到有人叫爸爸,真好。"

两个月后,我们离开南非,从东开普省的伊丽莎白港坐船去英国。轮船在码头开动前,船上给乘客们发了卫生卷纸,纸可以从甲板上往下放开,另一头握在岸上送别的亲友手里。船慢慢向大海移动,我手里拿着卫生卷纸,来送我的梅丽莎拿着另一头。汽笛声响彻蓝天,梅丽莎在跳着,喊着,但听不到她在说什么。风呼呼地刮着,拖船把轮船带向大海,发出巨大的轰鸣声,也盖过了她的喊声。在我的生命中,梅丽莎是第一个鼓励我大声说话的人。她化着蓝色的眼妆,金色的蜂窝头梳得几乎跟我的人一样高。她坚定、勇敢,面对逆境也总能尽力前行。我听不到她在说什么,但我知道,她一定是叫我大声说话,大方承认自己的愿望,坦荡地生活在这个世界上,不要被它打败。

在南安普顿的码头上,轮船上的起重机把装有我们全部家当的三个大木箱吊起来,我并不想把这个场景留在记忆里。我只想记住一幕,那就是玛丽亚——也就是扎玛——晚上坐在走廊的台阶上小口啜饮炼乳的模样。非洲的夜晚温暖宜人,天上群星璀璨。我爱玛丽亚,但我不确定她是不是也爱我。出于政治和贫穷的原因,她不得不和自己的孩子分开,来替白人照顾孩子。这些白人孩子,以及她照料的所有人、所有事,都让她精疲力竭。在一天的劳累之后,她终于离开那些窃取她精力的人们,找到一处地方,可以休息片刻,暂时不用理会别人对她的性格和人生意义所抱有的种种荒唐想法了。

除此之外,我对有关南非的其他记忆都毫无兴趣。到了英国,我想拥有崭新的记忆。

3

纯粹的自我中心
SHEER EGOISM

在英国，廉价小餐馆[1]也称"工人餐馆"，南方人口头上常将其唤作"小馆"。典型的工人餐馆主要提供煎炸或烧烤食品，如煎蛋、培根、血肠、油煎土豆卷心菜、香肠、蘑菇和炸薯条等。这些食物常常与番茄酱烘豆一起食用。

——维基百科

---

1 字面意思为"油乎乎的勺子"（greasy spoons）。

英国,1974年

十五岁那年,在公交车站附近的廉价小餐馆里,我戴着一顶帽檐打了方孔的黑色草帽,在餐巾纸上写作。我隐约觉得,作家就该这样,因为以前读到过,在法国的餐馆里,诗人和哲学家们就是一边喝着意式浓咖啡,一边写着自己如何如何不幸的。英国当时没有太多那样的餐馆,西芬奇利[1]那地方就更不用说了。1974年,煤矿工人大规模罢工;保守党政府为了省电,将工作时间从一周五天压缩至三天;中国送给英国两只大熊猫(晶晶和佳佳)——而我,则像准备抢银行一样,谋划着周六上午如何逃往廉价小餐馆。不过,一群找死的蜜蜂险些让我的计划泡汤。事情是这样的:一罐蜂蜜竟然无视

---

[1] 芬奇利位于伦敦北部。

万有引力定律,从洗衣机上方的架子上掉进了洗衣机里。这罐蜂蜜当然没盖盖子,我们家什么都不盖盖子。接着,一群蜜蜂从窗外的蜂巢飞入屋来,钻进洗衣机里。于是不锈钢滚筒上不仅滴着蜂蜜,还爬满了兴奋异常、大快朵颐的蜜蜂。

周六我们都要干活儿,现在我又多了一件差事:用茶匙把蜜蜂和蜂蜜从洗衣机滚筒上刮下来,还要把死蜜蜂扔掉。我跪下来,手撑地,头伸进洗衣机里。忽然间我想到,那些自杀的女诗人就是这样结束自己生命的,只不过她们把头伸进了煤气烤箱里。我跪在地上清理蜜蜂,这个姿势似乎有几分耻辱的意味,又有一些宗教色彩,但我没有余力细究,因为我的手实在痛极了。至少有五只蜜蜂在临死前攒出一股劲,朝我的手狠狠地蜇了下去。母亲说:"哦,蜜蜂就是会蜇人。"然后叫我用凉水冲一冲。过了一会儿,她又说:"实际上,俄罗斯人会把蜜蜂毒液涂抹在关节炎患处呢。"我想给弟弟萨姆一些好处,让他替我干这件事,但他正忙着吹起前额的头发，想弄个阿飞的发型。"蜜蜂有很多眼睛，"他一边用妈妈的吹风机嗡嗡地吹头发一边喊，"一只蜜蜂六个眼。"我们看过一个电视节目，里面有蜜蜂的特写镜头。很显然，那是一种"关键共栖生物"，有它在沙漠生物群落里为植物授粉，植物才能结出满含种子的果实，不断繁衍下去。电视节目的画外音说，蜜蜂是最高级的昆虫，一个强悍的蜜蜂群落每天可以飞出从地球到月球的距离。然后，节目展示了人们是如何把田地里的蜜蜂熏出巢的。我该怎么办？在洗衣机旁点把火？急于脱身的我把四根茉莉香插进滚筒的小孔里，再点着。当时是想，烟一熏，这些关键共栖生物就会自己飞出来，省得我用茶匙铲了。但我也知道，它们是昆虫类生物进化的最高级形式，不会轻易被熏出来。结果茉莉香的灰落在了蜂蜜上，我不但要清除那些吃得正欢的蜜蜂，还要清理烧了一半的香和灰。蜜蜂不想动，我一点儿都不怪它们。从它们的视角不难看出，沾满蜂蜜的洗衣机可比灰暗乏味的郊区有趣多了。而我却正在这无聊的地方浪费生命，这里一片荒凉，没有阳光，也没有满含种子的果实。

十点钟，我用《泰晤士报》体育版把最后四只嗜吃如命、酒足饭饱的蜜蜂包起来，扔进垃圾桶。然后我抓起黑色草帽，挥手跟母亲告别，好让她看到我肿得粗肥的手指，为此好好自责一下。

"你还得把烤箱擦干净，那是第二件事。"

我很想一脸茫然地盯着她，眼睛却忽然疼起来。面对一副烂摊子，还要做出沉着冷静、若无其事的样子，这让我疲惫不堪。下楼的时候，我不小心被自己的喇叭裤绊了一跤。挨了蜇的右手火辣辣的，又红又肿，我强忍着疼，抬手砰的一声关上前门，逃了出去。虽然脚上穿着一双新买的淡绿色松糕鞋，我还是试着小跑起来。经过一家叫"神圣"的中国外卖餐馆和一家叫"鲁本斯"的干洗店时，我看到一个退休的老太太正拖着米黄色的塑料手拉车，在人行道上吃力地左歪右拐，走出之字形路线。她对我说："我很喜欢你的帽子，别致。"

我迫不及待要逃离自己的生活。

我来到廉价小餐馆，餐馆窗户上蒙着一层水汽，室内烟雾缭绕，这加剧了我的紧迫感。时间真是有限——做什么事的时间？我不知道。但我相信另一种生活在等着我，回家擦烤箱之前，我要想清楚那生活是什么样的。我匆匆点了鸡蛋、烘豆、培根和油煎土豆卷心菜。后来意识到，烘豆和油煎土豆卷心菜都点的话，钱就不够用了，所以我决定不要烘豆。我用没被蜇到的那只手端着一大杯滚烫的茶，穿过建筑工人和公交车司机，朝一张福米加塑料贴面的桌子走去，准备开始冒充作家。白色的餐巾纸塞在一只玻璃杯里，跟盐、胡椒粉、番茄酱和棕酱摆在一起。一坐下，我就伸手拿过餐巾纸，用一支漏液的蓝色圆珠笔在上面写起字来。写的是：

英国

写下这个词让我兴奋不已。母亲说过，现在我们是在流亡，但总有一天，我们会回到我出生的国家。不是在英国生活，而是在流亡，这让我感到恐惧。我告诉新朋友朱迪（她出生在刘易舍姆[1]）我不太喜欢流亡。她说："没错，换作我，肯定也要吓得失魂落魄。"朱迪想模仿电影《歌厅》中的莉莎·明内利的打扮，莉莎是美国人，而朱迪的父亲是码头工人，地道的英国人。她父亲死于癌症，病因大约是他搬运的货物里有石棉，但朱迪并不了解全部实情。周末，我帮她涂上亮闪闪的绿色指甲油，让她变成莉莎，那样她可以暂时不做那个十二岁就失去父亲、在英国生活的朱迪了。

关于英国，有些事我还是不太明白，其中一件就发生在这个小餐馆里。这家廉价小餐馆的厨师叫安吉，我觉得她给我的培根一直都是生的。就好像她只是把肉放在烤盘上热了热，并不真的要烤熟。这让我陷入苦恼，因为看着盘子里这片暗粉色的肉，我就会想到身上肉被

---

[1] 刘易舍姆，伦敦东南部一地区。

割下来的那头猪。在英国的某个地方有一头猪，它身体的一侧被割掉了一大块肉，但它仍然在跑。我很难开口要求安吉帮我多烤一会儿，因为我是流亡，而不是生活在英国。我想，大概在别人的国家生活，事情就是这样吧。

"我不会支离破碎，因为我从未成为一个整体。"

这是我少年时代的偶像说过的话，或大意如此。我曾对着镜子练习，模仿他空洞呆滞的眼神。我想安迪·沃霍尔每次画美国汤罐头，都是在逃离东欧那片平坦的棕色土地，那是他父母出生的地方。每一罐蛤蜊汤都让他更靠近纽约，而远离他和母亲在匹兹堡的流亡生活。安迪的话就像我每晚睡前念诵的祈祷文，此刻坐在廉价小餐馆里，面前放着一堆餐巾纸，我正准备在上面写"英国"，他的话再次在我脑际浮现。我喝着杯子里的茶，看着红色的伦敦公交进站出站，想起安迪收藏的假发。据说，他把假发存在盒子里，放在他纽约的工厂里，还真的会用胶水粘在头上。我对安迪感兴趣，是因为我觉得我也有些自我伪装。虽然朱迪穿着天鹅绒超短裤和网眼连裤袜去温皮餐馆,但她其实并没有在伪装。她在模仿谁一望便知,因为大家也都看过《歌厅》。我却搞不清自己模仿的是谁,尤其安迪又是男人。朱迪叫我多看看大卫·鲍伊,那个来自贝肯纳姆的外星人。贝肯纳姆离刘易舍姆很近,不过,大卫·鲍伊现在正在火星上流亡[1]。

英国人很友好,他们叫我"宝贝儿""亲爱的"。每次我不小心撞到人,对方都会说对不起。我动作笨拙,是因为我在英国梦游。英国人不介意,因为他们也在梦游。我想这是因为冬季天黑得太早,像有人下午四点就把全国的插头拔掉了一样。最让我奇怪的是,邻居琼每次把宠物狗拴在街头小商店外的沃尔冰激凌摊旁,都会跟狗狗说话,好像它会回答似的。

"冬青,快跟邻居姑娘说你好。"

---

[1] 英国摇滚歌手大卫·鲍伊于1972年发行专辑《齐格·星尘的兴衰与来自火星的蜘蛛》,其主打单曲为《外星人》。

每次她这么说完,都是一阵令人尴尬的沉默。但琼并不觉得。即便她的狗狗只是挠挠耳朵,或是盯着粘在人行道上的口香糖一动不动,她也总是能为它找到托辞。"哦,她今天心情不太好,是不是?"

我变换着大小写,一遍一遍地在餐巾纸上写下"英国"这个词。

此外,我还在白色餐巾纸上快速写下几个句子。这种乱写乱画的行为,加上黑色草帽,让我像是给自己配了一把AK-47步枪。那种枪经常出现在报纸上的第三世界新闻里,拿在孩子手中,而那些孩子手里本该拿着点缀了薄片巧克力的冰激凌。在一旁建筑工人的眼里,我大概有些格格不入。写字这个动作让我拥有了不一样的身份,他们跟我搭讪会有所顾虑,甚至叫我帮忙递个盐瓶都会不自在。我从此处超脱出来。

写作让我觉得自己比实际上更聪明。聪明,多愁善感,这是我对作家的印象。不管怎样,我现在很难过,比笔下那些句子还愁苦。说来好像有些无病呻吟,但我心情真的很低落。父亲和母亲刚刚分居了，父亲有些衣服还在衣橱里，夹克、鞋，还有一个挂满领带的衣架，书架上的书却没了。最让人受不了的是，他的修面刷和偏头痛药还在浴室柜子里，孤零零地躺着。来英国后，父母之间的感情出了问题。我知道，萨姆也知道，但我们无能为力。感情破裂时，我们通常无法看到对方的正面，而只能看到背面。他们从来都背对彼此，即便同坐在桌旁，彼此间也留出很大一段突兀的空间，两人都盯着那空处发愣。感情一旦出了问题，什么就都不对了。最后，父亲终于敲响我卧室的门，告诉我他要搬出去住了。他穿着英式套装，看上去心情烦乱极了，就像此刻外面嘈杂的马路。

安吉把英式早餐端到我桌旁。她离我太近了，久久无意离去，一直在佯装整理棕酱瓶子。我知道她想问我是从哪儿来的，因为她看得出来，我对她眼里极其平常的东西都感到十分好奇，比如红色的双层公交车，比如那个狼吞虎咽吞下盘子里的烘豆和炸薯条、此刻正抽 6

号香烟的男人。还有,我说西红柿酱而不是番茄酱,说机器人而不是交通信号灯,说"谢谢"的口音也跟别人不一样。尽管我说不要烘豆了,安吉还是免费送给我一份。英国人很友好,好到你不敢相信。我爱这个新的国家,想成为其中一员,成为像安吉那样地道的英国人。不过我忽然想到,安吉可能并不是地道的英国人,因为我曾听到她用意大利语跟餐馆主人说话。

这份免费赠送的烘豆让我心情雀跃。我一边在餐巾纸上乱写,一边用叉子叉了一颗豆子。想到回家后再也见不到爸爸了,我就无法忍受。我数了数盘子里的豆子,幸好有二十来颗,这样我就有时间想清楚如何抵达另一种生活了。存在主义作家可能会给我一些启发——我总是把让-保罗·萨特的姓"Sartre"拼错,写成"Stare"(盯)——他们大概不需要用邪恶的百洁布擦洗烤箱。

之所以说百洁布邪恶,是因为它们不仅仅是由扎手材料做成的方垫,一头的毛毡上还浸满粉红色的洗洁精。在我看来，那些居心叵测的人设计出这种用品，就是为了浪费女孩和女人的生命。想到这里，我异常绝望，不禁又点了一份烤面包片，好缓和不公引起的这阵愤怒。让-保罗·萨特是法国人。安迪·沃霍尔有一半捷克血统，但仍是不折不扣的美国人；莉莎·明内利也是，她跟安吉一样，可能有一半意大利血统；如此等等。我用漏液的圆珠笔在餐巾纸上又写下一些类似的句子，写了很久。等我再抬起头，那些公交车司机和建筑工人都回去上班了，安吉在等我付烤面包片的钱。我都没注意她已经把面包片放在桌子上了，而我还有十五颗烘豆没吃。最糟的是，她毫不避讳，正直直盯着我右手里的餐巾纸，每张上面都有圆珠笔写的"英国"。

"要我帮你拿着吗？"

我不想让安吉帮我拿着，因为那是我的一部分秘密生活，也将是我的第一部小说，尽管上面只有圆珠笔写的"英国"和其他几个奇怪的词或短语。安吉看着我，我则一边在钱包里翻找硬币，一边还使劲抓着餐巾纸，仿佛一松手就会发生什么可怕的事。她有三颗牙彻底坏掉了，颜色就像她用勺子从大茶壶里舀出来的热茶包。

"你的手怎么弄的？"

"蜜蜂蜇的。"

她同情地皱起鼻子，做出"哎哟"的口形，这反应可比我母亲强多了。

"在哪儿蜇的？"

"洗衣机里。"

"啊。"这次她朝被尼古丁熏黄的天花板翻了个白眼。

"一罐蜂蜜掉进洗衣机里，招来了外面的蜜蜂。"

"哦。"她笑了笑，然后问了那个问题。我知道，自打我第一次踏进这家小餐馆以来，她就一直想问。

"你是从哪儿来的？"

我已经十五岁了，南非的那段生活，我尽量不去回想。在英国的每一天，我都努力快乐地生活，还教新朋友们游泳。我想，如果市政委员会把泳池里的水换成茶水，那么每个英国人都会愿意下水。他们很快都会成为游泳冠军，一枚接一枚地拿下金牌。

"那你是从哪儿来的？"

安吉怕我没听懂，又重复了一遍。

"不知道。"

"嗯，你知道的不多是不是？"

我觉得最好还是同意她的看法。

我手里拿着写有"英国"的餐巾纸，离开了廉价小餐馆。外面很冷，我想起来，家里的暖气坏了。两天前，上门维修的那个人说："我正式宣布，这台锅炉已经不安全了。按法律规定，你们需要买一台新的。"说完，他冲我们眨眨眼，又把暖气打开了。他说如果这家伙再捣乱，就给他打电话。果不其然，他离开我们家两个小时后，锅炉就又坏了。他第一次来的时候，妈妈给他泡了一大杯茶。杯子上写着一个词："阿曼德拉！"妈妈说："这是祖鲁语，意思是'力量'。"维修的人说："想让这台锅炉再用几年，你就得给它注入点儿力量。"

我来到那家叫"神圣"的中国餐馆外,把一侧脸颊贴在窗户上,等待生活出现转机。墙边放着一大袋子豆芽,门上挂着一块牌子,写着"休息中"。

一个看着也就十五岁的中国女孩推开前门,一把提起那袋豆芽。

"我们六点才开门。"她大声说道。

我盯着她的牛仔裤,发现裤子上的喇叭裤腿是自己做好再缝上去的。她上身穿着一件"我爱纽约"字样的短款体恤,刚好露出肚脐,脚上穿着一双白色的细高跟鞋。她先是盯着我的黑色草帽,后来视线往下移,落在我那双淡绿色的松糕鞋上。那双鞋可是我的骄傲,而且我相信有一天我会穿着它逃离芬奇利,尽管此刻它只是让我的视线略高一截,看东西的角度稍有不同。餐馆里传来一个女人的声音,喊她去干活儿。她跟我一样,都是要干活儿的。

回到西芬奇利的家里,我陷入绝望。到底如何才能逃离流亡生活?我想逃。更让人生气的是,萨姆正躺在客厅的沙发上,疯狂地敲着夹在两腿间的一面鼓。他看到我进来,稍停一刻,然后开始胡说八道起来。

"你知道鸡腿为什么叫鼓槌[1]吗?"

"为什么?"

"哈哈哈啊哈啊哈哈。"

萨姆真是个神经病。我也跟着笑起来,他却叫我闭嘴,说我们的换工[2]就在隔壁房间,正闹"情绪"呢。

这栋屋子是我们来英国后第一个正经的住处。爸爸离开两个月后,母亲说要找一个换工,在她上班时照顾一下家里。我和萨姆希望会来一个扎金色马尾辫的瑞典美女。没想到,我们的换工是个男的。他抱着一本巨大无比的书来到我家,那本书叫《1938年中国共产党第六届中央委员会第六次全体会议》。这个人有些秃顶,大腹便便,看上去脾气不怎么好。他说他叫"法里德",里面有个"F"。我们搞不懂,他为什么要加一句"里面

---

[1] 在英语中,作为食物的下段鸡腿叫"drumstick"(直译即"鼓槌")。

[2] 换工,即换工互惠生,通常为女性,住在外国家庭里学习外语并帮忙照看孩子。

有个'F'"。他连我们的名字都没问,只是叫我们做这做那。他说他正在写博士论文,我们每隔一段时间就要给他放好洗澡水。还有,他喜欢在茶里放一片柠檬、三块方糖。我们家的卫生状况让法里德震惊了,以至于他从伦敦政治经济学院过来之后,宁愿把自己关在房间里狂吃三袋开心果,也不肯去厨房做饭。他搞不懂,厨房里怎么什么东西都没有盖子,对此我们也一样百思不得其解。就连洗碗池旁新买来的那瓶酸奶也不例外,那瓶奶完全没动过,瓶口的银箔纸还是完好的。不知道谁刚把瓶盖拧掉了,就单单为了拧掉它似的。法里德打扫过一次厨房的地板,他光脚踩着一块湿毛巾,在油毡上一点点往前挪。看着地上的鸡骨头和番茄酱瓶盖,他恶心地缩起脚趾头,同时大喊,说在开罗,他母亲决不会让自己家乱成这个样子。

我们其实也同意他的看法,甚至也想随他一起去开罗生活。是的,把自己关在干净漂亮的房间里,丢掉钥匙,看着窗外的金字塔,等着别人送三明治过来——这正是我们为法里德做的,他老说不喜欢花生酱,吃了肚子疼。不过今天,周六这天,我们的换工有点儿失控了。当萨姆又开始敲鼓时,法里德怒不可遏地冲进客厅,气得身上的肥肉都在抖动。

难道我们不知道他正在卧室里写东西吗?不知道周一早上之前他必须完成关于卡尔·马克思的论文吗?难道我们不知道"博士"这个词是什么意思吗?不知道有了"博士"就可以喂饱他的小女儿,送她上好学校吗?我们这位换工脸涨得通红,大汗淋漓。他身后的墙上贴满南非黑人妇女为反对通行证法而示威游行的海报,海报中间位置醒目地印着两行大字:"你们打击妇女,就如同打击石头。"是用大写字母写的,愤怒之情一望便知。海报旁边是一幅油画,上面画着一个非洲女人,头上顶着箱子,光着脚,正和一个骑自行车的男人并排走着,向尘土弥漫的天际走去。基里姆地毯上有三个乱扔在那里的瓶盖,分别是番茄酱、马麦酱和布兰斯顿菜酱瓶子上的。

"你们这些海子("孩"这个音他总是发不标准),为什么从来都不知道把盖子盖上?"

法里德说得没错。尽管从没谈起过,但我们心里其实都知道,不盖瓶盖这件事是有些蹊跷的。我们暗暗希望家里所有的瓶子都有盖子,但实际上却只能日复一日失望地盯着架子上敞口放着的瓶瓶罐罐们。我们从不会叫别人把盖子盖上,因为我们怀疑自己可能都做不到。这种情况或许是爸爸离开后开始出现的,但我们真的记不确切了,也不愿多回想。萨姆在疯狂地敲鼓,法里德眼冒怒火,盯着沙发对面的墙。我问他知道妈妈去哪儿了吗。法里德永远知道妈妈在哪儿,因为他得靠她吃饭。实际上妈妈对法里德太好了,好到我们都开始讨厌他了。"你们可怜的母亲,"法里德怒吼道,"去买东西了。"

"买——东西,买——东西,买——东西。"萨姆一边反复唱诵,一边笑着敲鼓。法里德一下子冲上去,把鼓抢过来,抓起竹子做的鼓槌就朝萨姆腿上打去。他头顶上方是一张宣扬世界和平的海报，三个孩子在田间快乐地玩耍，手里分别拿着球、悠悠球和羽毛球拍。法里德已经疯了，为了能使上劲，他蹲下来打，有时没打着萨姆，打在了墙上。

"难道你们不知道，在你们国家做一个外人是什么感受吗？"

听他这么说，我不禁歇斯底里地狂笑起来，萨姆则在那里鬼哭狼嚎。

"你们这些海子，"——啪，啪——"难道你们不知道"——啪——"我是外国人吗？"

他衬衣最上边那颗扣子突然崩掉了，汗珠顺着脸颊往下掉落。

"这个地方又湿又冷，我连一双合适的鞋子都没有。"

我们也一样，刚来英国的时候，从来都穿不对衣服。一月份穿粗呢外套和人字拖，二月份穿雨鞋加无袖波点裙，六月份按说是初夏，却穿起了保暖背心和靴子,戴上了手套和厚厚的羊毛帽子。直到这个时候,我们才终于搞明白到底该怎么穿。

我喜欢法里德说的"你们的国家"。是的,我对自己说,我是英国人,地地道道的英国人。在法里德打我弟弟的时候,我盯着窗帘发呆。窗帘用锁边针脚缝了边,这是爸爸在一天晚上下班后缝的。那是他搬走的一周前,我和萨姆站在他两侧,往前探头,看着他用大大的手拿着小小的、银色的针。萨姆在棉线头上打了个结,把线还给爸爸。爸爸说:"看来我们要重新认识一下对方了是不是?"

法里德跟我们的爸爸一点儿都不像。首先,如果爸爸还住在家里,他会说:"不要折磨烤箱,要把百洁布轻轻地擦过表面。"他为什么总说不要折磨烧水壶,不要折磨电灯开关,不要折磨冰块?爸爸跟烧水壶、门把手、钥匙之类的东西有着非常亲密的关系。在他看来,我们必须理解这些生活用品,永远不能欺负它们或折磨它们。往烧水壶里盛水时,如果不拿掉盖子,而从壶嘴里灌水,那就是对水壶的侮辱。转动门把手时,如果动作粗鲁,就等于"给它一顿痛打"。他决不能容忍对无生命物品的"暴行"。

法里德和萨姆在地上扭打成一团,两个人你给我一拳,我给你一拳,谁也不肯示弱。外面,我听到人们在修剪草坪、清洗汽车。这是星期六的英国。我们的邻居琼在唤她的狗狗:"冬青,冬青,冬青,快回家喝茶了。"

法里德终于挣扎着站起身来,盯着萨姆的脸。

"搔姆[1]。"他说。

他看似有话要说,但到嘴边又咽了回去。过了半天,他才终于问道,你们的父亲到底在哪儿?为什么不跟你们一起住?说话时,他眼睛仍盯着萨姆。

"爸爸妈妈分开了。"

---

[1] 原文为 Som,法里德发音不准。

法里德困惑地摇了摇头。自从他来到我们家，这是我头一回意识到，他可能是个好人。他甚至开始捡地板上散落的瓶盖。

妈妈提着东西回来了。她一进门就说："真安静。回家看到孩子们没在无聊地打闹，可真好。"她从购物袋里拿出一瓶阿斯蒂发泡葡萄酒和六瓶榛子酸奶，一起放进冰箱。好的，我想，等那瓶发泡葡萄酒冰好了，我就把它拿出来，然后跑到公园，把酒喝光，朝一辆开来的车撞去，把写着"英国"的餐巾纸留给我的传记作家们。他们会蜂拥而至，来芬奇利拜访我生活过的地方。我们在英国的第一处房子外，砖块砂浆的墙面上会钉上一块蓝色的匾牌。跟往常一样，弟弟仍责无旁贷地专职打断我思路，挑起事端。

"法里德打我了。"萨姆向妈妈哭诉。

"你打他了吗，法里德？"

"嗯，打了。"法里德的口气里透着怯懦和可怜，"我正在翻译马克思为布鲁塞尔的德国工人俱乐部撰写的关于雇佣劳动的文章,他却砰砰砰地敲鼓。"

"法里德,"妈妈严厉地说,"以后不许再打我的孩子了,不然你就走人。"

我们的换工笑了,这是他头一回露出快乐的表情。

那天晚上,我们订了印度餐馆的外卖,在电视上看《斯特普托父子》[1]。萨姆躺着,把头枕在妈妈腿上,恳求妈妈用勺子喂他吃印度扁豆,就像帕夏[2]的待遇。法里德坐在爸爸一直坐的扶手椅上,但我们已经不介意了。他说肚子疼,因为压力太大了,但还是吃完了自己那份马德拉斯咖喱羔羊肉,还消灭了我那份印度咖喱鸡。

"我很喜欢你们一家人。你们都很善良,虽然不太会收拾家里。但我在英国没有家,所以你们能给我一个房间住,我感到非常荣幸。"

我躺在床上,感觉怪异,浑身发抖。我在英国生活六年,几乎已经成了一个地道的英国人了。即便如此,

---

[1] 《斯特普托父子》,1972 年上映的英国喜剧电影。
[2] 帕夏,旧时奥斯曼帝国和北非高级文武官员的称号。

我的来处却还是别处。我怀念那些叫不出名字的植物的气味，怀念那些说不出名字的鸟儿的叫声，还有那些不知道是什么语言的轻声低语。南非究竟在哪里？有一天我一定要在地图上找出来。那天晚上，我躺在西芬奇利的卧室里彻夜难眠。我有太多问题想问这个世界：在我出生的那个国家，人们怎么就变得残忍、邪恶？当你严刑拷打一个人的时候，你是疯子，还是正常人？如果一个白人放狗咬一个黑人孩子，而且人人都说这样做没问题，如果邻居、警方、法官和老师都说"我觉得这样可以"，那么活着还有意义吗？那些觉得这样做不行的人呢？世界上这样的人足够多吗？

牛奶配送员哐啷一声把牛奶瓶放在大门口，我忽然明白了家里的蜂蜜、番茄酱和花生酱为什么从来都不盖盖子了。那些盖子跟我们一样，没有归属感。我出生在一个国家，却在另一个国家长大，不知道自己究竟属于哪里。还有，我虽然不想承认，却又确实知道，把盖子盖上，就像在假装我们的父母和好了，假装他们还紧紧相连，没有分开。

  我翻身下床，看到了那些从廉价小餐馆带回来的餐巾纸。纸皱巴巴的，浸了培根油渍。我看着上面用圆珠笔写的"英国"，搞不懂自己写那个是想要表达什么。我知道自己最想成为的就是作家，却心烦意乱，不知从何处着手。

4

审美方面的热情
AESTHETIC ENTHUSIASM

"有时候，我们需要知道的，是在哪里停下。"那位中国店主说这话的时候，可能注意到我的手离他的衬衣袖口很近。我们喝完那瓶酒时，餐馆外的棕榈树上已落满雪，回旅馆的小路也几乎无迹可寻。他仍然没告诉我他叫什么，我也没告诉他，尽管我知道他读过我的一本书，因此知道我的名字。不知为什么，我们对彼此的名字并不感兴趣。他向坐在不远处的德国夫妻那边探了探身子，祝贺他们有先见之明，知道春天来马略卡岛也要带上去北极的衣服。"我的这位朋友呢，"他指着我说，"穿着在海边晒太阳的衣服就来了。"

那个德国男人用英语跟我们攀谈起来，说他们早上去山里远足时撞上了蛇。还好他们穿了靴子——那条蛇就藏在石头缝里，甚至可能是响尾蛇呢。他问我们知不知道蛇在死了一个小时以后还能咬人。

"知道，"中国店主说，"还真的知道。"他转向我，又开始说起汤的事。他对汤可真是着迷。很显然，他虽说忘了其中一种中国汤的做法，却还记得另一种怎么做。那与其说是汤，不如说更像是大米粥，很有营养，冬天喝暖暖的，他还喜欢在里面放点儿芝麻油和胡椒粉。我注意到，此刻他的手离我的手很近。从接下来他说的话看，他可能也注意到了。

"喂，你觉得你身上哪个地方皮肤最薄？"

"指尖？"

"不是。我来告诉你，眼皮最薄，手掌和脚底最厚。"

我哈哈大笑，他微微一笑。然后他又哈哈大笑，我在那儿微笑着不说话。他说真是怀念中国的炒花生，说忘了怎么做中国的海鲜汤，不过能在马略卡岛的山里开启新生活也很好，因为正是在这里，我请他到我的三人桌旁一起喝酒聊天了。这时，他用胳膊肘碰了碰我，我看到玛丽亚刚走进餐馆，正在跺靴子上的雪。她穿着一件毛皮镶边的厚外套,看上去比平时高大很多。我朝玛丽亚挥挥手,她向我们这边走来。她拎着一只小手提箱,拎箱子的手戴着手套,脸上的表情严肃而又悲伤。

"我哥哥说你那个房间冷。"

"对。"

"我帮你换了房间,毯子放在床上了。"

"谢谢你。"

"你要去什么地方吗,玛丽亚?"

"嗯。"

玛丽亚不想说话,一句也不想说。

我打开包,把之前买的那块"纯度极高"的巧克力送给她,包装纸上赫然印着"99%"。然后数出四晚的房费,也递给她,接下来她也许用得着。玛丽亚高兴地收下钱。她亲吻我脸颊的时候,隔着外套我都能感觉到她的心在剧烈跳动。

后来,那位中国店主顺着压根不可见的山路送我回旅馆。路上他再次说道:"在生活中,有时候重要的不是知道从哪里开始,而是知道在哪里停下。"他说很多年前在巴黎生活的时候,每到周末就会很孤独,于是他决定坐火车去马赛。他在港口附近闲逛,寒风呼呼地吹着,那时的他几乎一句法语都不会说。可是当他看到两个警察拦住一个可能只有十岁的北非男孩时,他还是停了下来。那个男孩穿着一件儿童式样的白色棉布背心,上面似乎还散发着他母亲用的洗衣粉味。那两个警察掀起男孩的背心,开始用拳头打他的肚子。那个场景他永远都忘不了:两个成年人为了下手更狠,竟把孩子的衣服掀了起来。他不由走过去。男孩很坚强,任重重的拳头打在身上。这时,他用滑稽的、带中国口音的法语朝警察喊道:"停,停,停,停,停。"他并不是要当什么英雄,只是实在看不下去。那两个警察真的停下来,转身走开了。

他说:"你得在这里停下,旅馆到了。"我们在露天平台旁停步,他脑袋向我凑过来,我看到他头上的丝缕白发。

我们接吻的时候,我知道我们两人都处在某种困境的中途,也不知道这吻意味着事情的开始还是结束。他穿着一件肥大的棉衣,落在领子上的雪化了,湿了领子。他把棉衣脱下来,递给我,说:"你出去散步会用得着,我还有一件。不管去哪儿,你可得参照天气情况穿衣服。"

过了一会儿,我沿着大理石楼梯往上走去,经过楼梯平台处一盆硕大的仙人掌,来到三楼一扇破旧的橡木门前。刚才我给玛丽亚房费时,她塞到我手里一把钥匙,现在我用那把钥匙打开了房门。这个房间比楼上那个小,床尾整整齐齐地叠着几床毯子,一扇窗前放了一套桌椅,正对着外面花园里那棵古老的棕榈树。很显然,在窗户和床之间塞进这张桌子并不容易,但玛丽亚硬是把桌子搬进房间,挤在了那里。

我可以欣赏乡间的美景,也有了属于自己的书桌。壁炉里烧着三块大木头,另外还有一些,整整齐齐地摞在一旁的篮子里。房间里这么暖和,壁炉里的火肯定烧了有些时候了。

玛丽亚走得很仓促，在又一个暴风雪之夜。她是厌倦了自己在这里一手创造的一切吗？她不再盼望在自己灌溉的果园里采摘柠檬和柑橘了吗？她还种了蔬菜和橄榄树，建了蜂巢。客人早餐桌上那浓稠、香甜的蜂蜜，就是从那些蜂巢里采集来的。面包是玛丽亚烤的，咖啡是她磨的，那些让我的房间在夜里保持温暖的木头也是她劈的。她怒气冲冲地走了，身上没带多少钱。她就想这样一个人大步走出去，不管接下来发生什么，都要独自面对吗？

我忽然想到，我和玛丽亚都是二十一世纪的出逃者，就像乔治·桑（也叫阿芒蒂娜）是十九世纪的出逃者。另一位本名扎玛的玛丽亚生活在二十世纪，她想找个地方休息一下。我们在逃离的，是隐藏在政治语言背后的谎言，是关于我们性格和人生意义的种种谬论。我们可能也在逃避自己的欲望，不管是哪种欲望。不过，还是一笑了之算了。

我们嘲笑自己的欲望。还没等别人开始，就先嘲笑自己。我们天生就有杀戮的本能。自戕。我不能再想下去了。

不愿去想的不止这些。那天下午，我站在海边，在下雪前厚厚的云团下嘲笑自己，忽然想到旅馆门厅里的钢琴，那架每天都擦得锃亮却从来没有人弹的钢琴。我不愿去想，自己正像那架钢琴一样，紧紧锁闭着。不知为什么，我想起小时候在约翰内斯堡吃橙子时的情景。首先，我得找出一只单手可以握住的橙子。我在食品储藏间的袋子里仔细翻找小橙子，因为小的最多汁。然后，我光脚踩着它，滚来滚去，让它变软。这需要好一会儿工夫，得压出果汁，果子还不能破，全靠脚底的感觉。我的腿晒得黝黑，很有劲儿。琢磨出怎么把力道柔柔地用在一只小小的橙子上的时刻，我觉得自己厉害极了。滚好了，我用大拇指在橙子皮上戳出一个洞，往外吸甜甜的果汁。这奇怪的一幕又让我想起了阿波利奈尔的一句诗，二十年前，我把它写在"波兰笔记本"上：

"窗户打开,如一只橙子。"

沉默的钢琴,像橙子一样打开的窗户,我带来马略卡岛的波兰笔记本,都跟我尚未出版的小说《游泳回家》关联起来。我意识到,写这本书时我问自己的问题过于直白,就像外科医生说的,"离骨头太近了"[1]。这个问题如下:"怎么面对我们无法承受的事?怎么应对我们不想知道的事?"

我不知道如何把这部作品、把我的写作带到这个世界上来,不知道怎么像打开橙子一样打开窗户。甚或可说,窗户关闭,像一把斧子落在我舌头上。如果这就是我的现实,我不知如何应对。

我看着玛丽亚的花园,看着棕榈树叶上的雪越积越厚,又想到一个问题:我应该接受自己的命运吗?如果买一张机票,一直飞到能够接受它,如果能跟命运问好、握手,和它十指相扣,每天手拉手散步,那会是什

---

[1] 在英语中,"close to the bone"(离骨头很近)的意思是"过于直白"。

么样的感受？过了一会儿，我意识到，我不能提出这样的问题。一个女作家不该太过清楚地感知自己的生命，否则她写作时就会带着怒气，而写作时本该是平静的。

> 她写作时会带着怒气，而写作时本该是平静的。本该睿智，却变得愚蠢。本该写人物，却忍不住写自己。她在跟自己的命运抗争。
>
> ——弗吉尼亚·伍尔夫《一间自己的房间》(1929)

我跟那位中国店主说过，要想成为作家，我就必须学会打断别人说话，大胆地说，大声再大声地说，然后就可以用回自己原本的声音说话了，我原本的声音一点儿都不大。我们谈到了一些我再也不想去的地方；没想到在马略卡岛躲避暴风雪时，我会再次谈起非洲。然而，正如他说的，当我在伦敦的自动扶梯上哭泣的时候，非洲就已经回到我这里了。如果我自认为并没有在回忆过去，那么也可以说，是过去找上了我。我想正是如此，因为中国店主（他父亲是炼钢工人）跟我说过，自动扶梯，或称"旋转楼梯"，在1859年由马萨诸塞州的内森·埃姆斯获得专利；后来，工程师杰西·雷诺又对它进行重新设计；最初被引入现代社会时，人们对它的描述，正是"永不停息的传送者"。

我拉出椅子，坐在桌前，然后在墙上寻找插孔，想接通笔记本电脑的电源。离桌子最近的插孔在洗手池上方，是供男士电动剃须刀用的，已经有些松动。在马略卡岛的那个春天，我过得十分艰难，面对生活完全不知从何着手。但我又忽然想到，我此刻要做的，就是把电源插头插进那个插孔。对一个作家来说，相较于一间属于她自己的房间，更有用的是一条电源延长线，还有各种适用于欧洲、亚洲或非洲的转换接头。

图书在版编目（CIP）数据

我不想知道的事 /（英）德博拉·利维（Deborah Levy）著；步朝霞译. — 长沙：湖南文艺出版社，2023.7
书名原文：Things I Don't Want to Know
ISBN 978-7-5726-1157-5

Ⅰ.①我… Ⅱ.①德… ②步… Ⅲ.①回忆录-英国-现代 Ⅳ.①I561.55

中国国家版本馆CIP数据核字（2023）第078507号

THINGS I DON'T WANT TO KNOW
Copyright © 2014, Deborah Levy
All rights reserved
Simplified Chinese edition copyright © 2023 Shanghai Insight Media Co.
All rights reserved
Cover design © Penguin Random House
Cover image: Vivre Sa Vie (1962), a film by Jean-Luc Godard © Les Films de la Pléiade DR.

著作权合同登记号：18-2021-289

我不想知道的事
WO BUXIANG ZHIDAO DE SHI
[英] 德博拉·利维 著 步朝霞 译

出版人	陈新文
出品人	陈垦
出品方	中南出版传媒集团股份有限公司
	上海浦睿文化传播有限公司
	上海市静安区万航渡路888号开开广场15楼A座（200042）
责任编辑	吕苗莉
责任印制	王磊
美术编辑	祝小慧
出版发行	湖南文艺出版社
	长沙市雨花区东二环一段508号（410014）
网址	www.hnwy.net
经销	湖南省新华书店
印刷	深圳市福圣印刷有限公司

开本：787mm×1092mm 1/32　　印张：5　　字数：70千字
版次：2023年7月第1版　　印次：2023年7月第1次印刷
书号：ISBN 978-7-5726-1157-5　　定价：49.00元

版权专有，未经许可，不得翻印。
如发现印装质量问题，请联系出版方：021-60455819

浦睿文化
INSIGHT MEDIA

出 品 人：陈　垦
策 划 人：普　照
监　　制：余　西
出版统筹：胡　萍
美术编辑：祝小慧

欢迎出版合作，请邮件联系：insight@prshanghai.com
微信公众号：浦睿文化